JN086937

「ウルトラマリン」の旅人

渡良瀬の詩人　逸見猶吉

秋山圭

作品社

「ウルトラマリン」の旅人

渡良瀬の詩人　逸見猶吉

目次

第一章　青春

1

　大野四郎は明治四十（一九〇七）年九月九日栃木県谷中村で生まれた、と、本人は言う。

　谷中村は足尾銅山から流れ出る鉱毒の沈殿池にするため水没させられ、行政的には明治三十九年七月一日栃木県藤岡町に合併されたことで、村の名は消えた。だから、正しくは栃木県藤岡町生まれと言うべきだが、彼は人に出生地を聞かれると、必ず谷中村生まれだと答えた。

　彼がじっさいに生まれた場所は、大野家の別宅のある茨城県古河町（こがまち）だった。当時、たびたび起きる渡良瀬川の洪水の際、谷中村ではすぐ近くの古河町に避難する人が少なくなかった。代々谷中村に住んでいた大野家にも、そのときのための別宅があった。

彼が生まれた翌年、一家は東京府北豊島郡岩淵町に移り住んだから、一歳になったばかりの赤ん坊の四郎に谷中村の記憶や懐かしさなどないはずだが、それでも彼はずっと谷中村生まれだと言いつづけた。

大野家は江戸時代から代々の庄屋であったが、彼の祖父大野孫右衛門は、村が周囲の三村で合併して谷中村となったときに初代村長に選ばれ、村の発展のために尽くした。彼は進取の気性に富み、かつ、目端のきく地方実業家でもあり、たとえば谷中村と古河町との間に有料の三国橋を架けるなど、村人の便宜を図り、同時に自身の利益にもなることを考え出した。

東京に移ってからも、彼の事業手腕は衰えを知らず、現在の荒川大橋がまだないころ、私財を投じて橋を架けたりもした。

谷中村村長として順調だった孫右衛門に苦境が訪れたのは、足尾銅山鉱毒事件が起きてからである。それまで孫右衛門は、村を洪水が襲うたびに、村長の責任として真剣に水害対策に取り組んだのだが、ほとんどうまくいかなかった。今度こそはと願いをこめて最終的に購入した高額の排水機も、まったく役に立たなかった。

貧しい村民としては、なけなしの金をつぎ込んだのに、どぶに金を捨てるような結果になったのだから失望落胆したのは無理もないが、彼らが激怒したのは、役立たずの排水機に対してよりも、村長の私欲がからんでの策略とみなされたからで、村長は、村民たちを一刻も早く衰弱させ、土地から追い出そうとする国や県、そして古河（ふるかわ）鉱業会社の画策に加担したと噂になった。

村民の追及に窮地に立たされた孫右衛門は辞職し、二十一歳の息子東一に村長職をゆずった。東一は父と違って書斎派で、当時東京にあった英吉利（イギリス）法律学校で学んでいたのだが、父によって勉学を中断させられ、故郷に呼び戻されて村長職を継いだ。彼は村長になってはじめて、父孫右衛門の排水機購入手段が村民たちから疑惑をもたれ、それによって強い反感を招いている実状を知った。

彼は父と話し合い、それまでに生じていた問題点を是正しようとしたらしいが、時すでに遅く、打つ手もないまま父の路線を踏襲する結果になってしまった。当然、村民たちの反感は新村長にも向けられた。

年若いインテリの東一は、針の筵（むしろ）のような村長の座に耐えながらもしばらくは務めを果たしていたが、その消極的な姿勢がまたも古河鉱業会社寄りだと村民から思われ、屈辱的な辞職勧告まで出された。

古河鉱業会社は、明治初期、京都府出身の古河市兵衛によって創業された。はじめは小規模な鉱山を譲り受けたのだが、やがて大鉱脈を掘り当て、一気に銅の生産量を増やした。そこに目をつけた外国の商会との契約成立。また時代の要請もあり事業は飛躍的に隆盛し、古河財閥を形成するまでになった。

これによって東一も辞任し、明治四十一年には、大野家は一家をあげて岩淵町へ移った。混乱した谷中村では、その後、村長の後継者をたてることができず、助役が代行したという。

東京での東一は、一時期頼まれて赤羽町の助役をした程度で、それ以外には仕事につかず、趣味もなく、親の残した財産で居食いをするような恰好（かっこう）だった。常に精力的に事業を拡（ひろ）げた父孫右衛門に比べれば相当な差があるが、それは東一が経験させられた谷中村での屈辱的な出来事が彼に深い無力感を与えたからで、その後の彼の人生から覇気を奪ったのかもしれない。村長などにならなければ、有為な学者か法律家になっていたかもしれないことを考えると、東一は父孫右衛門によって犠牲者となった最初の身内と言ってもいいのかもしれない。

東一には、先妻ふさの生んだ二人の男子と一人の女子、後妻みきが生んだ三人の男子と二人の女子がいた。彼はたいへんな子煩悩（こぼんのう）で、どの子どもにもうるさいことは言わず、自由にさせた。長男の一六は東大を出たあと一時古河鉱業に勤め、家から離れた。なぜ一六が因縁の古河鉱業に勤めたのかはわからないが、そのため一六と他の兄弟間には微妙なものが生じたようだ。

東京の自宅では、父東一は子どもに甘いし、長男一六が留守のため、次男日出吉がやんちゃな弟妹たちの教育係の役割を果たした。

弟たちの中でも手がかかったのが四男の四郎だった。四郎は、小さいときから壮大な夢をもち、たとえば、はるか遠いところへ一人で旅をしたい、飛行機で世界の果てまで飛んでいきたい、船で水平線の彼方へ航海をしたい、などと、目を輝かせて語るのだった。

旅の行先は特にきまっていないが、どこまでも北へ北へと行きたかったらしい。じっさい、十五歳のときには、海洋少年団に入団し、海洋訓練に参加したこともある。

彼の名前は「しろう」だが、「くろう」というあだ名がつくほど色が黒くて、体格がよく、心も体も豪快そのものだった。それだけにふつうの枠にはまりきれず、四郎の日々の生活は、自由奔放、わがまま、頭がよくて、正義感も反抗心も強いという具合だから、通り一遍の説教をしても効き目がなく、教育係の日出吉は手を焼くことが多かった。

こういう四郎の性格を直すため、と思ったのか、日出吉は四郎を暁星中学に入学させた。カソリック系のその中学は厳しい校則で有名だった。むろん四郎は厭(いや)がったが、ふしぎなことに、親代わりを任ずる兄日出吉に逆らうことができない彼は、仕方なく入学した。

予想通り、規則ずくめの窮屈な校則に四郎がなじめるわけがなく、たびたび反抗して問題を起こした。日出吉は腹を立てながらも、そのつど弟の後始末をしなければならなかった。

四郎と中学時代に机を並べていた友人は、四郎が厳しすぎる学校の雰囲気に反抗して、靴の紐に鈴をつけて静かな教室で突然わざと音を立てるとか、医務室勤務のカソリックの老人をからかって怒らせるとかのいたずらをよくやったのを記憶している。

そんな彼は、身なりには独特の気遣いをした。たとえば当時の生徒は頭を丸坊主にするとか、髪をのばしてきちんと分け目をつけるのがふつうだったのに、彼はそのどちらでもなく、オカッパに近い髪型にした。何につけ人と同じことをするのは厭だったようで、わざと汚らしい恰好をすることもあった。

文才にめぐまれた彼は、そのころからすでに、のちに詩人となる才能の一端を発揮し、自ら謄写版で詩の雑誌を作ったこともある。

当時の詩文学界には、すでに一流詩人である高村光太郎、萩原朔太郎、佐藤惣之助、千家元麿、室生犀星らによる『日本詩人』という雑誌があり、四郎はその愛読者だった。その影響か、彼自身も学友と『蒼い沼』という回覧雑誌を作ったことがある。

日出吉は、四郎に限らず、五郎にも、またもう一人の弟三七夫にも親のように厳しく支配的だった。日常のしつけだけでなく、彼らの進路も日出吉がほとんどきめた。

絵が得意だった五郎には、まずしっかりした師匠を選んで修業すべきだという信念から、時の大画家の助言を求め、その助言をもとに藤島武二に入門させたのも日出吉である。

三七夫の進路についても強引に指図しようとした。三七夫は幼時に二階の手すりから落ちて頭を打った。そのせいか、中学生になったころから劣等感をもつようになり、家出をして自ら神戸の商家の小僧になった。心配した日出吉が三七夫を引き取りに神戸へ行き、実家に連れ戻したが、かわいそうなことに三七夫は結核にかかり早世してしまった。

長男でもない日出吉が、なぜ弟たちに厳格な態度をとったのか。それについて、五郎がずっとあとになって気づいたことがある。それは、甘い父親が子どもたちを野放図に放任していると彼らは図に乗って好き勝手に振る舞い、やがて無教養で粗野な人間になることを案じたからではなかろうか。日出吉は、代々名門であった大野家が祖父や父の代になって評判を落としたことがひどく無念で、何とかして生家の名誉を回復したいと思い、そのためには、自分たち次世代のものがひとかどの人物として成功を収め、世間から見直され尊敬されるようにならなくてはいけないという使命感をもっていたのではなかろうか、ということである。

また五郎は、こうも推察した。日出吉兄は、無為、無気力に日々を過ごしている父東一に批判的で、逆に、悪者扱いされてもなお精力的にわが道を歩いた祖父孫右衛門の横溢（おういつ）する気力や行動力に反撥（はんぱつ）しつつもなお、無意識のうちに引きつけられているのではないかと。

四郎が兄の指示によって暁星中学に入学したのは大正九（一九二〇）年で、世界的にも、第一次世界大戦、ロシア革命など激動の波が押し寄せている時期だった。

その影響下、日本でもヨーロッパ的民主主義への共鳴が強まり、労働運動も盛んになった。上野公園で開かれた第一回メーデーには多数の労働団体や社会主義者が参加する光景が見られた。中学生になったばかりの四郎はその光景に目を見張った。家では労働運動や社会主義などの話題は決して出ないが、彼の友人たちの中には政治的な情報に詳しい家庭に育ったものがいて、日本が直面している重大な政治的諸問題についていろいろと解説した。

四郎が志賀直哉の小説『和解』や『暗夜行路』を読んだのもそのころであった。

その小説の中には、かつて足尾銅山会社の古河市兵衛と共同経営者だった志賀直哉の祖父をめぐって、潔癖な直哉とその父との間に確執が生じたという部分があった。

それを読んだ四郎は、自分たちの祖父と足尾銅山会社とのつながりを重ね合わせて、兄日出吉に訊ねずにはいられなかった。

「おれたちのおじいさんは谷中村の村人たちからずいぶん恨まれていたそうだけど、一体、何をやったの？」

これまで周囲の大人たちは、子どもたちの祖父や父が谷中村で評判が悪かったことを仄めかすだけで、それが具体的にどういうことかは、はっきり教えてくれなかったから、四郎はこの際兄に聞こうと思ったのだ。これについては、末弟の五郎もずっと気にしていたことなので、耳をそば立てて日出吉の返事を待った。

質問された日出吉は細い目で四郎をにらみつけて、

「じいさんが何をやったかって？　初代村長としてやるべきことは山ほどあった。初めて役場というものを自宅の敷地内に造ったり、洪水のときは率先して村人を避難させたり、排水工事をやったり、三国橋を作って村の人の便宜を図ったり。橋といえば、東京へ来てからも私財を投じて荒川の橋を作ったし、その他いろいろと善行を積んだ。これでわかったか」

「でも、善行ばかりなら村人は感謝こそすれ、恨むなんてはずはないでしょう？」

日出吉は、中学生ながらすでに兄の背を越えている四郎を悔しそうに見上げ、声を荒らげた。

「じいさんのことをほじくり出すより、自分の頭の蝿を追え。おまえは生意気で反抗的すぎる。そんなことではだめだ。お前自身が世間から後ろ指をさされないように、まじめに勉強してりっぱな人間になることを考えろ。おれたち孫世代の努力如何で、おじいさんのよくない評判をいいほうに向けることもできるんだ。五郎もそうだ。よく覚えておけ」

と、別に反抗的ではない五郎までが叱られた。

日出吉は四郎より九歳も年上だから、一家が谷中村に住んでいたころのことをかなり知っているはずだ。しかし彼は決して弟たちの前で祖父や父の問題に触れようとはしなかった。

日出吉兄の説教が苦手な四郎は、それ以上突っ込んで質問することはしなかったが、兄がいなくなると、我慢した分を五郎に向かって吐き出した。

「何が善行なもんか。三国橋を作って村人の便宜を図ったって言うけど、有料だろ？　つまり自分の金儲けのためにしたことじゃないか。荒川の橋だって私財を投じたのはいいが、あとは有料にしている。何のことはない、目端がきくから先行投資に長けていただけさ。善行ってのは無償でやるもんだろ。なあ」

五郎は、あいまいにうなずいた。本音では、いくらおじいさんが金持ちでも橋を作るにはよほどの大金が必要だから、通行人からお金をとるのも仕方がないんじゃないかと思ったが、中学生になってから急に社会正義というものを覚えたらしい四郎兄がそう言うのなら、それが正しいのだろうと思い、そんなふうに物事の根本を捉えられる兄の頭のよさに改めて感心した。

五郎の性格は、優しくて温和で、他人とはほとんど衝突しなかった。特にすぐ上の四郎には絶対服従で何を命令されても言いなりになった。年はたった三つしか違わないのに、幼いときから四郎に深い尊敬の念をもっていたのは、たとえば棒ッ杭一本立っているのを見ても、自分にはどう見てもただの棒ッ杭にしか見えないのに、四郎はその棒が立っている土の下に、とんでもない何かが埋まっていると感じとることができるからだった。ほんとうは何も埋まっていなくても、そこを素通りしないで、足を止め、何かを感じること自体がすごい能力なのだ、と五郎には思われた。

四郎はいろいろな才能に恵まれていた。画の才能もあり、画家を本業とした五郎に負けないほどのセンスがあるし、語学の才にも長け、フランス語やロシア語などもすぐものにするなど、五郎にはまばゆいばかりだった。

後年、妹の宏子がだれかに思い出話をしていた中で、四郎兄と五郎兄はときどき屋敷の周りをグルグル回りながらものすごい大喧嘩をしていた、と語った。

だが、それは幼かった宏子の思い違いだ。五郎は四郎とものすごい喧嘩をするような体力も頭も度胸もなくて、四郎が無茶な命令をしても拒否できず、ひたすら逃げ回るしかなかった。宏子には兄弟対等な喧嘩に見えたのかもしれないが、きっとそれは四郎が力ずくで五郎を屈服させようと追いかけ回し、五郎が必死で逃げ回る光景だったのだろう。

だがその一方で、五郎が四郎を痛ましく感じることもあったのは、その特異な能力がかえって四郎の苦しみや辛さの種となる場合が多いからだった。

四郎は中学三年生のとき、こんな詩を作った。

郵便はがき

料金受取人払郵便

麹町支店承認

9781

差出有効期間
2022年10月
14日まで

切手を貼らずに
お出しください

102-8790

102

［受取人］
東京都千代田区
飯田橋２―７―４

株式会社 作品社
営業部読者係 行

【書籍ご購入お申し込み欄】

お問い合わせ　作品社営業部
TEL 03(3262)9753／FAX 03(3262)975

小社へ直接ご注文の場合は、このはがきでお申し込み下さい。宅急便でご自宅までお届けいたします
送料は冊数に関係なく500円（ただしご購入の金額が2500円以上の場合は無料）、手数料は一律300円
です。お申し込みから一週間前後で宅配いたします。書籍代金（税込）、送料、手数料は、お届け時に
お支払い下さい。

書名	定価　　円	冊
書名	定価　　円	冊
書名	定価　　円	冊
お名前	TEL　（　　）	
ご住所 〒		

フリガナ
お名前

男・女　　　　歳

ご住所
〒

Eメール
アドレス

ご職業

ご購入図書名

●本書をお求めになった書店名

●ご購読の新聞・雑誌名

●本書を何でお知りになりましたか。

イ　店頭で

ロ　友人・知人の推薦

ハ　広告をみて（　　　　　　　　）

ニ　書評・紹介記事をみて（　　　　　）

ホ　その他（　　　　　　　　　　）

●本書についてのご感想をお聞かせください。

ご購入ありがとうございました。このカードによる皆様のご意見は、今後の出版の貴重な資料として生かしていきたいと存じます。また、ご記入いただいたご住所、Eメールアドレスに、小社の出版物のご案内をさしあげることがあります。上記以外の目的で、お客様の個人情報を使用することはありません。

わびしい秋の日暮ちかく

わびしい秋のひくれ近く／波の音ばかり高い海岸に
老ひたる富者は／ひとり　淋しげに　また恐ろしげに
鳶色(とびいろ)の砂にさゝやく足のひゞきにさえも
気をみだしてさまよふてあるく

彼はだまつたまゝ／ポケツトに手を入れ　つと／思はしげに金貨をつかむだ
そして　それを掌(てのひら)にのせて
あはたゞしい夕の残照にかがやかせ
深いものおもひに沈んだ

おお　と彼は口をひらいた
どうして　おまへはみにくい色になつてゆくのだ
俺はおまへを掌にのせることさえ　もう／いひがたい苦しみなのだ
おまへのかゞやかしいひかりも今ははや／色あせて　なべて悲しい

（四、五連は略）

老ひた富者は
足もとにさゝやきよる波の中に
その色あせた金貨をなげた
音もなくふかい永久の底におりていつた
老人はとほくながめ／鷗の群から悩ましい追憶を消さうとあせつた
おゝ／影なべて失せ、祈（いのり）ばかり砂にしみ入る

ここに描かれる老いたる富者は、まさしく兄弟の祖父のことであろう。祖父は財産家だった。四郎は、富者の家にたまたま生まれついたことにさえ矛盾や後ろめたさを感じる上に、やり手の祖父が、おそらく金に関わる問題で村人たちから恨まれているらしいことに、小さいうちから傷ついていた。貧富の差や資本家の横暴など、社会正義に目覚めた中学生の四郎には、祖父の生き様がいかにもあくどく、恥ずかしいのだった。この詩は四郎のそんな気持ちをあらわしたものだろう。

五郎は家族の古い写真を見ていて、祖父の風貌や雰囲気が四郎のそれとひどく似ているのを発見したことがある。事業家として成功した祖父には自信たっぷりな余裕が見え、油断のなら

ない、不敵な面魂を隠そうともしていない。人からどう思われようが、知ったことか、文句があるならかかってこいという顔つきをしている。五郎はその写真を見たとき、四郎兄は、そんな祖父に似ていることで自分自身をも嫌いなのではなかろうかと思った。

四郎と五郎の顔はよく似ていていた。どちらも色黒の端正な顔に高い鼻、ギラギラ光る切れ長の目をもち、吊り上っている眉も同じだ。よく響く低い声も似ている。

四郎が後年描いた自画像は、前髪を長く垂らして顔の半分を蔽い、目を一つだけ出してだれかをにらみつけている。当時有名な詩人の吉田一穂が四郎の詩を評して、青天に歯を剝く狼、と言ったそうだが、詩だけでなく四郎の風貌にもその表現が当てはまりそうな、険しくて鋭く、うかつに近づくと、噛みつかれそうな感じがあった。話すときは眉を吊り上げ、右肩をちょっと下げ、首をかしげて斜に構えるのが四郎の癖だった。

彼はしょっちゅう酒を飲んでいた。元来が寡黙で静かだが、酒が入ると他人に対して攻撃的になり、何より先に手が出ることがあった。取っ組み合いの喧嘩もした。わざわざ他人の仲裁に割って入って自分が主役のように奮戦することもあった。

さんざん相手を殴って気がすむと、ニヤリと笑う。それが試合終了の合図だった。色の黒い顔に白い歯を見せて四郎がニヤリと笑うと、当事者も傍観者もその独特の微笑に敵意を喪失して気が抜けてしまい、喧嘩は一段落するのである。酔いにまかせて通りがかりのマージャン屋のウインドーガラスを素手で割って追いかけられたり、炭屋の横に積まれている炭俵の一つをむんずと持ち上げて去り、戸塚署の留置場に入れられたり、単なる力自慢をするような子どもじみた狼藉（ろうぜき）をはたらいたこともある。

ところで日出吉のことだが、厳しく熱心に弟たちの世話を焼いていた時期はやがて過ぎ、次第に彼らに干渉することはなくなった。それはいくら躾（しつ）けようとしても言うことをきかない弟たちに愛想を尽かしたというより、日出吉自身が自分の行くべき道に邁進（まいしん）しはじめたからだ。

彼はもともと文学青年で、有島武郎ら白樺派の文学者たちに師事し、人道主義に傾倒した時代があった。そんな彼が慶應大学に通っていたころ、電車の中で一人の女学生を見初（みそ）め、恋仲になった。彼女の父親で乳業を営む和田重雄も彼に惚れ込み、一人娘栄子の婿にすることに異存はなく、すぐに日出吉を和田家の養子に迎え入れた。

そのころの彼は、「ぼくは栃木のドン百姓の倅（せがれ）です」と謙遜して言ったそうだが、数年後は栃木出身ということは一切口にしないばかりか、ときには東京出身です、と言い切ることさえあった。

その点では、言わなくてもいいのに谷中村生まれですと言いつづける弟四郎と対照的であった。

和田家の人となった日出吉は、義父から乳製品殺菌処理の研究とミルクプラント工場の導入法について学んでくるよう命じられ、大正十年、アメリカのワシントン大学に留学した。乳製品殺菌処理もミルクプラント工場の導入も当時の乳業が直面している喫緊の課題であった。そのとき義父が言い添えたのは、日出吉がアメリカで成果を得て帰国したあかつきには、あえて家業を継がずとも他の好きな道に進んでよい、という寛大な言葉だった。

義父は彼の能力の高さを見抜いており、牛乳屋以外でもやりたいことがあればやらせてやろうと思ったのだろう。日出吉は勇躍出発し、義父の期待通り、乳製品殺菌処理の研究をし、ミルクプラント導入にも道筋をつけた。二十八歳にして彼は有能な実務家であった。

その後、日出吉は義父が許してくれた通り、家業を継がず、『時事新報』の記者になった。もともと彼はジャーナリズムの世界に憧れていた。有能な彼はたちまちにして社長の武藤山治(さんじ)に気に入られ、第一線記者として存分に腕を振るうことができた。

武藤山治は、新聞記者から三井銀行に入り、翌年には鐘淵紡績会社に移り、同社の経営改革に力を発揮した。その後政治家に転身した。大正十三年、第五十回帝国議会では治安維持法に反対、また「金解禁」反対の立場から浜口雄幸(おさち)内閣を批判するなど、政治家として精力的な三年を過ごしたのち再び民間人に戻り、時事新報の社長になった。平坦な道は選ばない人であった。

彼は政治家と実業家の双方を経験するうち、財界と政界の醜い不正癒着ぶりを知り、政財界の堕落した関係を浄化しなくてはならないという考えをもつに至った。

武藤がまず目をつけたのは帝国人造絹糸会社の株式売買をめぐる疑惑であった。

彼は信頼する若き部下和田日出吉に、夜討ち朝駆けで政治家や財界人を取材させ、彼らの暗部を詳細にわたって探り出させた。日出吉はすべてにわたって武藤の期待によく応えた。

やがて彼は、武藤がこれまで調べ、蓄えた膨大な資料と、彼自身が徹底的に調べ上げた資料を加えて、「番町会を暴く」と題した記事を大森山人の名で新聞紙上に連載した。

緻密でありながら熱情的迫力を感じさせる記事は、昭和九（一九三四）年一月から三月まで掲載され、「帝人事件」として世間の反響は上々だった。

大満足の武藤は、ある日、日出吉に言った。

「君はじつによくやってくれた。君の熱情ほとばしる気迫の筆はどこから出てくるのかと考えたが、君が栃木県の旧谷中村出身だということにも関係があると、わたしは思い当たった。あの当時の足尾銅山鉱毒事件における古河財閥と政府の癒着は、現在の財界と政治の関係とまったく同じではないにしても、非常によく似た構図だ。君の、その、一種のアイデンティティともいうべきものが、君にこの勇気ある記事を書かせたんだね」

武藤は、日出吉の祖父が古河財閥寄りの村長だったことまでは知らないから、日出吉が谷中村出身者だと聞いただけで、事件の被害者の子孫の一人と思い込み、かつ、それ故に権力者の横暴を許さないという彼の気骨に感じ入ったのだろう。

だが、当の日出吉は予期せぬ武藤の言葉に面食らった。確かに祖父や父の谷中村での芳しくない評判は、潔癖な青年期の彼を苦しめたが、それはあくまで祖父らの個人的倫理の問題として日出吉はとらえており、武藤が指摘するように、かつての谷中事件と帝人事件を構造的に結びつけて考えるような見地に立ってはいなかったからである。

日出吉は自分がそこまで考えるに至らなかった未熟さに、忸怩たるものを感じると同時に、武藤の図式的すぎる指摘に戸惑い、ある種の居心地の悪さも感じた。

日出吉には、自分がこれまで記者として書きつづけてきたすべてのものは、彼自身の理性的、合理的な取材に裏づけられたものであって、決して偏狭なアイデンティティや、ちっぽけな正義感に根ざしているものではないという自負がある。従って、自分が今後、公平、中立のジャーナリストとして大成していくには、特定の出自などを世間に軽々しく示すことは、好ましくないどころか、かえって固定的偏見を与えてしまうこともあるのだと肝に銘じた。

彼が他人に対して、栃木生まれです、と言わなくなったのはこのときからだった。

一方、武藤山治と和田日出吉の記事は、検事局さえを動かした。それからまもなく、政財界の要人が召喚、あるいは拘引されることになったのである。これによって時の斎藤実内閣は総辞職に追い込まれた。日出吉らの努力と成果は報いられたことになる。

だが同時に大きな代償を払うことにもなった。それは社長の武藤山治が自邸近くで殺害されたことである。帝人事件記事に対する報復だったことはだれが見ても明白だった。しかしこれほどの大事件でありながら、起訴された者たちは二年後、全員無罪になった。

彼らの無罪判決を聞いたとき、日出吉は力が抜け、虚しさを感じ、むざむざ武藤を犬死にさせてしまったことに慚愧の念を抱いた。

日出吉としては、客観的で合理的な取材に基づく記事を書いたと自負して新聞に掲載し、読者と熱血漢の武藤を喜ばせはしたが、あまりにもむき出しの正義感だけではしたたかな悪に勝てないのではないか、政治権力や資本家の悪に立ち向かうためには、こちらもしたたかに、しなやかに、一方的にならず、バランスをとって向かっていくべきなのかもしれない。武藤はそのことを自身の死をもって教えてくれたのではなかろうか、などと考えた。

日出吉はもはや時事新報社に留まる気にはなれず、退職し、中外商業新報社に転じた。そこで論説委員になった。ところが、またしても彼の才筆が脚光を浴びる機会がやってきた。

昭和十一年二月に、いわゆる二・二六事件が起きた。

陸軍の皇道派青年将校らが首相官邸を襲い、時の内大臣斎藤実、大蔵大臣高橋是清、教育総監渡辺錠太郎らを殺害した事件である。総理大臣岡田啓介ははじめ即死と報道されたが、別人が代わりに犠牲になっていたことがのちにわかった。

早朝この報を受けるや、日出吉はただちに現場にとび、事件主謀者の一人で、かねてから知り合いの栗原安秀中尉に導かれて官邸に入ることができた。そして、まだ他の報道関係者など誰一人いない中で、彼だけが生々しい襲撃現場を目撃し、占拠中の将校らと会見もして、特報記事をものにすることができたのである。

事件後、日出吉は二度警察に呼ばれた。一介の記者がどうして反乱現場に急行し記事を書くことができたのか、また彼が事件の主謀者栗原中尉とどういう関係にあるかなどを厳しく追及された。日出吉は、以前栗原がたまたま彼の新聞社に立ち寄ったとき、世間話をしたくらいの間柄で、特別なつながりは一切ないと突っぱねた。事実、当時の新聞社には市民や軍人でもフラリと立ち寄り、よもやま話をするものが結構いたようだ。和田日出吉と栗原の関係もその程度なら特に怪しむことではないと、警察はそれ以上の追及はしなかった。

その後も日出吉は、記者として、また作家としても成功した。彼が「番町会を暴く」で取材して得た資料をもとにして書いた経済小説『人絹』はベストセラーになった。

こんな彼はもう弟たちの教育係をしている暇などなかったのである。

彼と弟たちは長い疎遠の時期に入っていた。

2

一方、四郎は厳しい学校の規則に反抗を繰り返しながらも、なんとか暁星中学を卒業した。卒業してもすぐには大学に進まず、浪人し、大正十五年になってようやく早稲田大学政経学部に入学した。大学に入学しても授業にはほとんど出なかった。

彼ははじめ絵描きになりたかったのだが、中学生のころから詩の道に進路を変えた。

詩友にも恵まれ、大学の親友の緒方昇の紹介で草野心平と知り合いになり、また高田博厚、高村光太郎、岩瀬正雄らとも親しくなった。

中学時代からもそうだったが、彼は無頼漢ぶってなりふり構わない恰好をしているかと思えば、ときおり、銀座の仕立て屋で作らせた、こまかいストライプ柄のウールのスーツを着こんだりしてみんなを驚かせた。襟は流行の広いもの、その恰好で細身のステッキをもって悠然と闊歩する。金は実家から送ってもらって派手に浪費した。

当時の早稲田の学生には変わりものが多く、四郎のようにステッキをもち早稲田や高田馬場あたりを闊歩するものがいるかと思えば、緒方昇のように、印半纏（しるしばんてん）に腹掛けという職人ふうの恰好を好んでするものもいた。

緒方昇は当時アナーキストであった。四郎も緒方に刺激されてその道に入りかけたこともあったが、緒方は、おまえは入らないほうがいい、警察にぶちこまれるような汚れ役はおれたちに任せておけ、と止めた。緒方は、四郎が自分とひどく似た部分もあるが、根本的には別種の人間だと見抜いていたようだ。後年彼は、二人の友情は「不協和音と不協和音が偶然、共鳴りしたのだ」と周囲に語った。

昭和三年春、二十二歳の四郎は突然、神楽坂にバー「ユレカ」を開いた。

学生の身分でバーを開くなどはふつうありえないことだが、彼に甘い生母が金を出したとささやかれた。店に出入りする客は主として詩人仲間、画家、中には無政府主義者たちもいてこれらが勝手に騒ぎまくる。客が女給たちと悶着を起こすことも少なくなかった。

四郎が一応まじめにバー経営をしているように見えたのは、店が軌道にのるまでのほんの短い間だけで、すぐに経理は乱脈、店はただの空騒ぎの場となった。彼自身が店の酒を気ままに飲んでしまう有様だから始末が悪い。

実家からの仕送りが途絶えがちになると、当然店は借金だらけになる。借金取りが押し寄せる。四郎は金がないから払えないとわめきたて、借金取りと大喧嘩するが、相手がやくざに近いものだと、図体が大きいだけの四郎がかなうはずもなく、借金取りを追い返す前にたたきのめされてしまう。

結局は、彼の命令で、弟五郎が実家へ泣きついて金を工面する役をつとめることになる。五郎だってそんな役がたび重なっては厭だから、なぜそう無茶な経営をするのか、もっとまじめにやれよ、と意見してもまともな答えは返ってこない。

友人のだれかが四郎から聞いたところによると、「おれはもともと金儲けのためにバーをやりはじめたわけじゃない、不浄の金を早く使い果たすためだ」と言ったという。

それを聞いて五郎はようやく、四郎の魂胆が読めたと思った。

つまり、自分は祖父が得た不浄の金によってのうのうと大きくなった。何も知らなかった幼少のころならともかく、物事が見えてきた今では、そんな汚い金を一日も早く使い果たし、洗い流し、さっぱりきれいな身になりたいという願望をもっているのだ、と。

いい気なものだ。すでに二十二歳にもなりながら働きもしないで、実家に金をせびって暮らしている人間が、よくそんな甘ったれたことが言えたもんだ。五郎でさえ四郎は幼稚で馬鹿げているると思う。それでもなお、兄を嫌いになれない十九歳の五郎は、四郎兄を支えるのが自分の義務だと思っていた。

バーをはじめて一年ほど過ぎたころだった。少し前からどことなく屈託したように見えた四郎が不意にいなくなった。数日間のことではない。一か月たっても二か月たっても帰ってこない。その間店をやむなく任されっぱなしの形になった五郎が困りきって、勝手に休業の張り紙を出そうと思いはじめたころ、やっと四郎から手紙が来て、今、北海道にいるという。

「北海道だと？　ふざけやがって、いいかげんにしろよ」

姿の見えぬ四郎に向かって五郎は罵（ののし）った。

かねてから北方志向の強い四郎は、旅行すると足が勝手に北へ北へと向かうのだと言ってはいた。また彼が敬愛する先輩詩人宮沢賢治が歩いた北海道の道を自分でも辿（たど）ってみたいとも言っていた。きっと兄は今、のんきにその願望を実行しているのだと思うと、五郎は悔しくて、自分本位に北海道見物している兄なんかのためにもう働いてやるものかと思った。

三か月後、ようやく帰ってきた兄に、五郎は激しい怒りをぶちまけた。

「北海道へ行くなら、なぜ事前におれに説明しなかった。おれを何だと思っているんだ。おれはもうこんなくだらねえバーなんか絶対に手伝わないからな」

温順な顔しか見せたことのない弟の剣幕に、四郎はびっくりして、ひたすら謝った。

「悪かったよ。最初から北海道まで行くつもりはなかったんだ。ほんのちょっとだけ谷中村に寄ってからすぐ帰るはずだった。ところが帰ろうとしたとき、ついでに那須と塩原も見ておこうという気になり、そこへ行った。那須も塩原も北海道の佐呂間も谷中村を追われた村民が移住した先だろ？　谷中よりずっといいところだと勧められて行ったのに、水は出ない、土地は石だらけ、開墾もできねえひどいところだった。これじゃ谷中村のほうがまだましだと逃げ帰った人も多かったそうだ。そういう話、おまえも知ってるだろ？」

「それくらい、おれも知ってる。馬鹿にするな」

「ならいい。とにかくそこへ行って現地をこの目で確かめてから、今度こそ東京へ引き返そうとすると、また足のやつが、勝手に佐呂間へ向かってしまったわけさ。おまえに連絡する間がなかった」

「よくもそんなでたらめが言えるもんだ」

するると四郎は黒い顔に、例の、人の心をキュッとつかむような微笑を浮かべて、

「でたらめじゃない。ほんとなんだ。足のやつが……」

「足のやつのせいにするな。一体なぜ、今になって、谷中村から日本の端の北海道まで行かなくちゃならなかったんだ。藪から棒に」

「よく言った。おれはその藪から飛び出した棒にぶん殴られたんだよ」

まるで落語だ。

「ごまかしてすむと思うな」

「ごまかしじゃねえよ。おれはその藪から棒というやつに、おれたちのじじいとおやじの悪行を知らされたんだから、おれだって、たまったもんじゃねえ」

「馬鹿らしくて聞いてられない」

「でもまあ、聞け。あれはバーを開いてしばらくしたころだった。店に来た酔客が、元新聞記者で作家でもある木下尚江が最近『田中正造之生涯』という本を出したと教えてくれた。その本は足尾鉱毒事件のとき活躍した田中正造を中心とした資料集だという。木下尚江は田中正造の運動を助けた人だが、正造が亡くなってからも彼の遺志を世に伝えたいとの思いから、正造関係者の手紙や葉書、覚え書の類(たぐい)を集めようとして広く世間に呼びかけた。するとたちまち手紙や証言などが山のように集まった。その中に、村人に対してひどい裏切り行為をはたらいた村長大野孫右衛門父子のことを書いた部分があると言うんだ」

「え?」

五郎は思わず膝を乗り出した。彼も少年のころから谷中村での祖父たちの評判が悪いことを聞いていたが、その原因が何だったのか、具体的にはだれも教えてくれなかった。

「その酔っ払いは、店のマスターであるおれが、まさか大野孫右衛門の孫だと知るはずもねえから得々としゃべった。おれはそれがほんとうかどうか、すぐに確かめたくて、客たちをほったらかしにして本屋に走ったよ。で、すぐにその本を買って読んでみると、確かにそのときの村長大野孫右衛門とその息子が五万円の村債問題を起こしたと書いてある」

「五万円の村債問題って何だ？」

五郎はつりこまれた。四郎の説明はこうだ。

当時村長だった大野孫右衛門は、たびたび洪水に見舞われる村の排水方法で苦慮していた。いったん洪水が起きると、堤防を越えて村内に流れ込んだ水を容易に排水することができなくなる。そんなとき、郡長の安生順四郎という男が外国製の排水機導入を勧め、購入するならその資金を条件つきで貸してやると言う。孫右衛門はその話にとびついた。ところが購入してみると、この機械はさっぱり役に立たない無用の長物だった。しかし、無用の長物であろうと安生から借りた金は返さねばならない。途方に暮れる村人の耳に、県と密着している安生は最初から中古の性能の悪い機械を押しつけ、無駄な出費で村人を疲弊させ、移住を余儀なくさせようと企んだのだ、それには村長もグルだったという噂が入ってきた。噂はまたたくうちに噂でなく、真実として語られるようになったため、村人はいっせいに村長を非難しはじめた。

孫右衛門は窮地から脱するため、自らは村長を辞め、まだ学業の途上にある息子を呼び寄せて村長職につけ、息子名義で日本勧業銀行から村債として五万円の金を借りさせて切り抜けようとした。だが村債も借金であることには変わりはない。農業も川での漁もできなくなった村民にどうやって村債五万円を返済する目途がたてられよう。それで結果的に国や県、そして村長の思惑通り、廃村を早め、村を水没させることになってしまったというわけである。

「じいさんはほんとうに県や郡長とグルだったんだろうか」

「さあな。村長は安生にハメられたんだと擁護する人もあったらしいが、彼は村民に何の説明もしなかった」

「説明しないんじゃや、自分で非を認めてしまったようなものだな」

「おまえもそう思うだろ？　噂が事実かどうかよりも、おれは、誠意あるなんの釈明もせずに数年後に東京へ逃げて行ってしまったじじいとおやじの態度が許せねえのよ。人間失格だよ。おれはやたらに悔しく、情けなく、苛々して、子どもみたいに地団駄踏んでいるうちに、足が勝手に谷中村へ向かったんだ。村はなくなっても近隣に移った旧住民が結構いるはずだ。彼らにはとてもじゃないが恥ずかしくて会いたくないからコソコソ逃げた。那須や塩原、北海道でもそうだった。人影を見ただけで、こちらの姿を見られないように隠れてしまった。特に、わざわざ行った遠い北海道では、谷中村から移住した人たちの子孫を訪ねて行きたかったけど、その勇気はなかった。せめての証しに、佐呂間の開拓地の入り口で手を合わせ、じじいの代わりに詫びを言って帰ってきた」

五郎はうなった。長年モヤモヤと霞がかかったようだった生家の謎が明らかにされてすっきりしたはずだが、真実を突きつけられては、兄と同じく動揺せずにいられなかった。

「やりきれない話だなあ。聞かなきゃよかった」

「うん、やりきれねえ」と四郎はうなずき、「もっとやりきれねえのは、おれ自身の不甲斐なさだ。被害民の労苦に引き換え、おれは一体何をやっているんだ、ただ飲んだくれて、悪いのはみんな先祖のせいにして、クダをまいて、金をドブに捨てて、だれのためにもならないことばかりやって、じじいのことをとやかく言えた義理かと心から反省した」

四郎の眼には真剣な光があった。五郎はその眼の光の強さに打たれ、兄が言葉だけの反省をしているのではないことを信じた。

四郎は北海道旅行を機に大反省したはずだが、彼の生活は少なくとも表面的には変わらなかった。相変わらず大酒を飲み、だれかれとなく議論して喧嘩をし、羽目をはずして無頼の暮らしをつづけているように見えた。

だが、詩作態度では彼が明らかに変わったのを五郎は見逃さなかった。

それまでの四郎の詩は、華麗で、センチメンタルで、大野家という小世界の中の反逆児を気取り、情念的な毒を吐き散らすばかりだったが、このころから彼の眼は、祖父たちを操った大きな悪の正体、それはつまるところ戦争を起こそうとする権力と、それを見ぬふりして許容してしまう世人の撞着（どうちゃく）に向けられてきたのだ。

「おれたちのじいさんたちが谷中村でやった行為を、ただの不道徳として個人的にいくら責めてもだめなんだなあ。その背景にあったのは何だったのかをよく突き止めなければ」

と、北海道旅行から帰った四郎はよく言うようになり、五郎は兄の視界がこれまでよりぐっと広がったのを感じた。

四郎は新しい詩を創ろうとしはじめた。これまでの日本近代詩の浪漫の伝統を脱し、非浪漫を貫くべきだと考え、喩法や抽象表現を工夫し、思想に幅広さと深い奥行きを与えようとした。彼は二十三歳のときに、詩誌『学校』に連作詩「ウルトラマリン」の第一部「報告」を発表し、ついで第二部「兇牙利的」、さらに第三部「死ト現象」を合わせて『学校詩集』に寄稿した。「ウルトラマリン」の連作は多くの詩人たちに衝撃を与えた。

真っ先に第一部「報告」を目にした草野心平は、「あの詩を読んだ時私は寒気がした。私は感動で震えた。その当時あれ程私を驚かした詩はほかになかった」と言い、また当時『新詩論』を出していて、自らも独自の美学を詩に確立するべく身を削っていた吉田一穂は、「この詩は青天に歯を剝く狼のような不穏な熱情を感じさせる、氷の歯をもったテロリストだ」と絶賛した。その他にも、猶吉の詩からまるで電流に触れたような衝撃を受けたと言う詩人が次々と出はじめた。

『学校詩集』の編者だった伊藤信吉は、「……美学的に構成された情緒とそこに醸(かも)される酔いは、蒲原有明や北原白秋によってすでに文学化されたが、逸見猶吉の場合、そのような文学的な情緒が先行するのではなく、生活そのものを酔いと嵐をもって包みこむ。そのことにより嵐の核心に自意識のうめきが火のような言葉となって燃えるのだ」と述べた。

一方、彼の詩を頭から拒否する詩人や、黙殺する詩人も少なくはなかった。何においても、新しすぎるものは否定されることが多いのは世のならいだ。

このころから大野四郎は、逸見猶吉(へんみゆうきち)というペンネームを使うようになった。

多くの詩人たちに衝撃を与えた「報告　ウルトラマリン第一」の全詩を次に掲げる。

　報告　ウルトラマリン第一

ソノ時オレハ歩イテキタ　ソノ時
外套ハ枝ニ吊ラレテアツタカ　白樺ノジツニ白イ
ソレダケガケワシイ　冬ノマン中デ野ツ原デ
ソレガ如何シタ　ソレデ如何シタトオレハ吠エタ
《血ヲ流ス北方　ココイラ　グングン密度ノ深クナル
　北方　ドコカラモ離レテ　荒涼タル　ウルトラマリンノ底ノ方ヘ――》
暗クナリ暗クナツテ　黒イ頭巾カラ舌ヲダシテ
ヤタラ羽搏（はばた）イテキル不明ノ顔々　ソレハ
目ニ見エナイ狂気カラ転落スル　鴉（からす）ト時間ト
アトハサガレンノ青褪（あおざ）メタ肋骨ト　ソノ時オレハ
ヒドク兇ヤナ笑ヒデアツタラウ　ソシテ　泥炭デアルカ
馬デアルカ　地面ニ掘ツクリ返サレルモノハ　君モシル
ワヅカニ一点ノ黒イモノダ

風ニハ沿海州ノ錆ビ蝕サル気配ガツヨク浸ミコンデ　野ツ原ノ涯ハ監獄ダ
歪ンダ屋根ノ下ハ重ク　鉄柵ノ海ニホトンド何モ見エナイ
絡ンデル薪ノヤウナ手ト　サラニソノ下ノ顔ト
大キナ苦痛ノ割レ目デアツタ　苦痛ニヤラレ
ヤガテハ霙トナル冷タイ風ニ晒サレテ
アラユル地点カラムザンナ標的ニサレタオレダ
アノ凶暴ナ羽搏キ　ソレガ最後ノ幻覚デアツタラウカ
弾創ハ　スデニ弾創トシテ生キテユクノカ
オレノ肉体ヲ塗沫スル　ソレガ悪徳ノ展望デアツタカ
アア　夢ノイツサイノ後退スル中ニ　トホク烽火ノアガル
嬰児ノ天ニアガル
タダヨフ無限ノ反抗ノ中ニ

ソノ時オレハ歩イテキタ
ソノ時オレハ歯ヲ剝キダシテキタ
愛情ニカカルコトナク　瀰漫スル怖ロシイ痴呆ノ底ニ
オレノヤリキレナイイツサイノ中ニ　オレハ見タ

悪シキ感傷トレイタン無頼ノ生活ヲ
顎ヲシヤクルヒトリノ囚人　ソノオレヲ視（み）ル嗤（わら）ヒヲ
スベテ痩セタ肉体ノ影ニ潜ンデルモノ
ツネニサビシイ悪ノ起源ニホカナラヌソレラヲ
《ドコカラモ離レテ荒涼タル北方ノ顔々ウルトラマリンノスルドイ目付
　ウルトラマリンノ底ノ方へ――》
イカナル真理モ　風物モ　ソノ他ナニガ近寄ルモノゾ
今トナツテ　オレハ墜（お）チユク海ノ動静ヲ知ルノダ

逸見猶吉というペンネームの由来について、四郎は、「はやりて見ればなお吉なるがごとし……」と友人たちを煙に巻くような説明をしたが、弟の五郎には、これは逸見斧吉（おのきち）という実在した人の名を勝手にもらったものだ、と明かした。

逸見斧吉は、足尾銅山鉱毒事件で谷中村民を生涯かけて守ろうとした田中正造を、最後まで支えた東京の実業家の名である。

「おれは信じた人をどこまでも支えつづけた逸見斧吉の存在を知って、心底尊敬した。おれみたいなものが逸見斧吉のような人間になれるわけもないが、せめて名前だけでもあやかりたいと思った」

四郎兄にそんな素直な部分があることを知って驚いた五郎が、

「兄さんがそれほど尊敬するなら、逸見斧吉の名をまるごといただけばいいじゃないか」

からかい半分にそう言うと、四郎はとんでもない、と首を振り、

「まるごといただくなんて、そんな罰当たりなことはできねえよ」

四郎はその後、実生活でも逸見猶吉の名を使ったので、友人の中にはそれが彼の本名だと思ったものもいたようだ。

五郎は兄の詩が人々に認められるのはうれしく、誇らしかった。だが、伊藤信吉が指摘するように、兄が詩を生み出すために、「文学的な情緒が先行するのではなく、生活そのものを酔いと嵐をもって包みこみ、それにより嵐の核心に自意識のうめきを火のような言葉として燃え上がらせる」実態を間近に見ていると、なぜ兄がわが身を酔いと嵐で身を焼いてまで詩を作らなければならないのかと疑問に思い、むしろ兄が痛々しく感じられた。

四郎びいきの妹の宏子は口を尖らせて文句を言った。

「近ごろの四郎兄さんの詩はチンプンカンプンだわ。以前書いた詩は抒情的でよくわかったから、わたしの友達の評判もよかったのに」

言われてみれば、確かにいくら新しい表現だといっても、比喩が多すぎるのはわかりにくい。詩の中にこめられている意味を正しく読み取れる人がどのくらいいるだろう、と五郎は思う。四郎の詩が衝撃的だったという詩人仲間でも詩意をめぐって解釈がまちまちだという。

「今さら四郎兄さんに女学生が愛唱するような詩が書けるはずがないじゃないか」

と、五郎が宏子をなだめると、彼女は、「こんな調子じゃ四郎兄さんはあまり有名詩人にはなれそうもないわね」と残念そうに言った。

五郎は「ウルトラマリン第一」を繰り返し読み、自分なりに四郎の詩をわかろうとした。だが難解だった。第二部「兇牙利的」、第三部「死ト現象」もむずかしい。

むずかしいが、五郎は、北海道旅行以後変容していく兄の心理状態をいつも間近で見ているだけに、第一部から第三部までを通して、たえず谷中村や田中正造が語られているのがよくわかった。詩の中に渡良瀬川とか谷中村とか田中正造とか特定の固有名詞はまったく出てこないが、それでも五郎にはわかった。

「死ト現象」に出てくる「傷メル河河」は渡良瀬川であろう。「報告」の「ソシテ　泥炭デアルカ／馬デアルカ　地面ニ掘ツクリ返サレルモノハ　君モシル／ワヅカニ一点ノ黒イモノダ／(中略) 野ツ原ノ涯ハ監獄ダ／歪ンダ屋根ノ下ハ重ク　鉄柵ノ海ニホトンド何モ見エナイ／絡ンデル薪ノヤウナ手ト　サラニソノ下ノ顔ト／ヤガテハ霙トナル冷タイ風ニ晒サレテ……」の中には、栃木県谷中村から監獄のような北海道の野ッ原、サロマ別に追われた移住民の群像が黒い彫刻のように浮き出してくる。さらに、国家ぐるみの犯罪に無抵抗で闘った田中正造らの「ヤミガタイ」(「死ト現象」) 志を讃え、「暗クナリ暗クナツテ　黒イ頭巾カラ舌ヲダシテ／ヤタラ　羽搏イテヰル不明ノ顔々」は、政府が治安維持法をもって国民を弾圧し、黙らせる一方で軍部の無謀な中国進出を許していること、またそれを知りながら、止めることもできない行動力のない知識人への批判を、自分も含めて「オレノヤリキレナイイツサイノ中ニ　オレハ見タ／悪シキ感傷トレイタン無頼ノ生活ヲ」と表現している。

もし、この五郎の読み解き方が当たっているとすれば、当局にとって危険な内容であるからどんな処罰を下されるかもしれない。でも今のところ四郎の工夫による巧みな喩法が功を奏し、ほとんど見抜かれることも、警戒もされることもないのは幸いだ。いつまでそれがつづくか保証の限りではないけれども。

四郎のバーは、五郎がいくらいっしょうけんめい手伝っても、ずさんな放漫経営では持ちこたえられるはずもなく、二年ももたずにつぶれた。

祖父たちからもらった汚い金を使い尽くすという念願を見事果たしたのだから四郎は本望だったろうが、おかげでひどく貧乏になった。

3

当時の詩文学界ではモダニズム詩とプロレタリア詩が拮抗する勢力だった。四郎はそのどちらにも属さなかった。大きいグループは、初めのうちは活気があっていいが、やがて必ずと言っていいほど各自の主張の違いが顕在化し、互いに角の突き合いを生じることになる。生一本な四郎はそんな中に到底我慢して居つづけることができず、すぐにそこをとび出してしまう。それでも彼の新詩への熱は高まるばかりだ。

彼は自分自身の新しい詩の内容と形式を追求するため、次から次、新しい同人雑誌を作っては仲間と議論し、衝突し、果ては自分からとび出すなどの繰り返しだった。

四郎はそのころ草野心平らと詩同人誌『歴程』を出した。メンバーは中原中也、高橋新吉、尾形亀之助、岡崎清一郎、菱山修三、土方定一らである（宮沢賢治はそのときすでに死亡しているので除くが、賢治の詩は仲間から高く評価され、遺稿として掲載されている）。

四郎が呼びかけたこの『歴程』は、彼が仲間たちとうまくいき、長続きした同人誌のめずらしい例だった。

四郎の名が知られてくると、彼のことを日本のランボーだと言う人もいた。

ランボーは、よく早熟の天才と言われる十九世紀末のフランス象徴派詩人である。通常の感覚を超えた未知の世界に挑む彼の詩は、二十世紀に入って世界の文学に決定的影響を与えた。日本でも多くの文学者がランボーの文学を紹介している。

マラルメは、ランボーがヴェルレーヌから始まる象徴詩への傾倒から、そこに留まらず、別の詩風を求めていくという意味で「恐るべき通行人」と評した。

四郎もはじめのうちはランボーに心酔した。自分がランボーといくつかの共通点をもっていることも自認していた。だが『歴程』第二号では、ランボーの影と訣別する「途上」を発表した。四郎は詩をどのように書くかではなく、何を書くかの問題に立ち至ったのだ。

それでいて、第三号では、「無題」として「秋はみづいろにはがねをなせど」の一行で始まる一篇を載せるなど、再びランボーの影を追慕するような揺れを見せた。

『歴程』第一号に四郎が載せた詩は「ナマ」である。それは得意の喩法を駆使し、むき出しの反戦思想表現を避けつつ、当時の大方の詩人が触れようとしなかった、軍国主義、治安維持法による思想弾圧、すでに明らかになっている無謀な満州侵略（昭和六年には柳条湖爆破事件が起きていた）への痛烈な批判の詩だった。いくら表現上の工夫をしようと、公表するには相当な勇気と覚悟を必要とする危険な冒険だった。

だが大胆な彼はあえて書いた。戦争はいけないことだ。かつて谷中村民にあれほどの苦しみを与えた鉱毒事件は日清、日露の戦争に供する銅の生産増という至上命令がもたらしたものであるという認識の上に立つ彼は、昭和になってまたそれと同じ戦争の愚が繰り返されようとしていることに警鐘を鳴らさずにいられない。詩こそそれができる方法だと四郎は信じているのだった。

ナマ

徹夜の大道はゆるやかに異様にうねり、うねるままに暗暈（あんうん）の、冰（こほ）る伽藍のはてに沈まうとする。道はとほくこの一筋に尽きて、地と海との霾然（ばいぜん）たる、また人間の灰神楽。飛び交ひなだれ堕ちる星辰や殺気のむらむらや、それら撃発する火のやうな寂しさのなかに、己は十字火に爛（ただ）れた生（な）まをつき放さうとするのだ。おお、集積（マッス）の眼！　不眠の河となつて己を奪つたするゐは、むざんに溷濁（こんだく）の干潟に曝し、滄々たる季節の下にいまとはなつたが、挑みかかろうと己みづからが空をつく。何者へ対（むか）つてか、嗤へ、長年漂泊にあらび千切れた胸の底に捉へやうとする、生きがたい、夢の燔祭（はんさい）。埒（らち）もない見てくれの意匠も旧（ふる）い日のことになつたか。

神々といふあの手から離れてここに麻のやうな疲れが横たはる。

あたらしい希（ねが）ひを言へと、誰がみ近く呼ばふのだ。

氷霧に蝕（むしば）む北方の屋根に校倉（あぜくら）風の憂愁を焚きあげて、屠（ほふ）られた身の影ともない安手の虚妄をみてとつたいまなんと恐ろしいものだらけだらうか。原罪の逞（ふと）い映像にうち貫かれた両の眼に、みじろぎもなく、氷雪いちめんの深い歪（ひづ）みをたたえて秘かに空しくあれば、清浄といふ、己はもうあの心にも還（かへ）ることは出来ないのだ。冱寒（こかん）の夢はつららを砥いで、風は靭々（じんじん）と滲みいるやうにあたりを廻（め）ぐりはじめてゐる。内から吹きあげる血の苦（に）がい、灼けるやうな飛沫が叫ぶ、とうてい身はかわしきれない、と。善哉（よし）！

人の闘ひはまだつづく。

「ナマ」の前に「外套」という、もっと激しい戦争批判の詩を四郎は書いたが、さすがに世間向けには発表しなかった。

四郎は、昭和六年にようやく大学を卒業した。見かけ上は相変わらず無頼な生活がつづいているように見えた。働かないので金欠病になった。そこで仕方なく詩の仲間の斡旋で時事新報の広告代理店に就職した。が、そこはすぐ辞め、昭和七年日蘇通信社という会社に勤めてから、遅まきながら少しずつ普通人の生活感覚をもちはじめた。

その会社は東京の堂々たる丸ビルの中に本社があって、『月刊ロシア』という雑誌を出していた。支局は日本の大阪、函館以外に新京、哈爾浜（ハルビン）、黒河、上海と数多いという。

そのころ、四郎は突然、結婚すると言って五郎を驚かせた。これまでも何人もの女性とのつき合いがあり、女がもとでトラブルを起こすことも再三だったが、結婚という形式はまったく考えていない様子だったので、五郎ははじめのうちは四郎の冗談かと思った。

相手は、彼より二つ年上の静という女性で、五郎も知っている竹下源之介という詩人が経営する喫茶店に勤めている。歌舞伎座前にあるその喫茶店は詩人の経営者を慕って文学者や絵描きや音楽家などが集まる人気の店で、そこに働く女店員たちも芸術的な素養があり、客たちの論議に加わることがあった。

静の実家は、今は没落したが駿河今川氏の一族の出だという。そう言われてみれば、どこか気品があり、色がぬけるように白く、笑うと笑顔がとても愛くるしい。他の女店員のように客と議論するようなことはせず、おっとりと微笑(ほほえ)んでいる。

「とてもやさしくて包容力があるんだ」と四郎はのろけた。

「どんなきっかけだったの？」

五郎が聞くと、四郎は照れながらも、

「おれが、流行の洋服なんかを着て喫茶店へ行くと女店員たちがすぐ寄ってきて、まあ、すごくモダンだわね、とか、銀座のどこの洋服屋に作らせたの、とか言って騒ぐのに、静だけは、いいとも悪いとも何も言わない。逆に、おれが浮浪者のような恰好をしていくと、たいていの女店員はわざとらしく鼻をつまんで席から離れていくんだけど、静はいつもと変わらず淡々と接してくれるんだ」

「兄さんは静さんの、物に動じない、淡々としたそんなところが好きなのか」

「まあな」

「いい人を見つけたもんだね」

五郎は祝福した。いつも気難しくて、尖っている兄が、鷹揚で淡々とした人と暮らしたら、きっと安らぎを感じて、彼自身も穏やかになれるだろうと思った。

昭和十年、四郎が二十九歳のとき、二人は正式に入籍した。気まぐれや浮ついた心からでないことは、四郎が友人に、「わが長き彷徨ここに終わる」と伝えたことでもわかる。

二人はうまくいった。次の年に長女多聞子が生まれた。多聞子は色の白い人形のような美しい子で、四郎は、「おれに似なくてよかった。母親にそっくりだ」と有頂天になった。

貧乏な新婚生活だったが、こんな自分が人並みに父親になれた、という思いが四郎にかつて味わったことのない幸せを与えてくれた。静はひたすら従順に尽くしてくれる。妻への感謝とともに、責任感というものをはじめてもった。

四郎は会社に精勤し、少しでも家計を楽にするために、頼まれれば酒場や喫茶店の看板を描いたり室内装飾をしたりして安月給を補った。もともと器用だし、絵描きになりたかったくらいだから絵筆をもてばいいセンスを発揮する。

生活の上でも詩作の上でも、万事うまくいくかにみえたのに、突然不幸が襲った。

多聞子が誕生日を目前に病気で死んでしまったのだ。信じられないくらいあっけない死だった。四郎は悲嘆にくれた。だが彼を悲嘆から救うように静はすぐに次の子を妊娠した。

今度こそ丈夫に育ってほしいと期待されて生まれた次女真由子は、亡くなった姉と同様、母親似の色の白い、目のきれいな子だったが、生後すぐ小児麻痺を患った。

せっかく授かった二人の子どもにこうまで不運がつづくと、さすがの四郎も、自分が長い間酒をあおり、放浪し、喧嘩をし、無頼な生活をつづけてきたつけが何の罪もない子どもたちの上に回ってきたのだ、と思わずにいられなかった。

数年前、四郎は谷中から那須、そして北海道まで足を伸ばし、元谷中村村民の悲惨な移民生活を辿り、打ちのめされ、厭というほど自分自身のくだらなさを思い知った。それ以来、彼は気持ちを新たにし、詩作の上でも新境地を切り開いたつもりではある。だが生活の形はなかなか変えられず、相変わらずずるずると自堕落な暮らしをつづけてきた。観念だけの意識変革では何にもならないどころか、子どもたちまで不幸にしているのだと痛感した。

今度こそ、慎ましく謙虚に働いて、妻と次女を守っていこうと彼は決意した。

ちょうどそのとき、会社は彼に満州の新京支社勤務を命じた。単身赴任だが給料も一気に上がるという。彼はただちにその話に応じることにした。貧乏暮らしを解消したいからではあるが、日に日に息苦しさを増す狭い日本に耐えかねて、満州へ行けばもっと自由闊達な空気が吸えるのではないかと期待もしたのである。昭和十二年二月のことである。

四郎の満州行きの話を聞いた五郎は、賛成できなかった。

「北志向も極まれりだが、なにも妻子を置いて満州くんだりまで行くことはないだろう」

だが四郎は取り合わず、

「なに、この会社に勤めた以上、いつかは北方へ行けと言われるかもしれないと覚悟はしていた。向こうに落ち着き次第、すぐに家族を呼びよせるさ。五郎も来いよ」

「おれは真っ平（まっぴら）だね。一体満州でどんな仕事をやるんだい」

「おれもよくわかんねえが、気楽な仕事らしいよ」

「今どき気楽な仕事なんかあるもんか。きっと厭な仕事ばかりだぜ」

「さあな。おれはむずかしく考えないようにしているんだ」

兄ののんきそうな口振りがかえって五郎を不安にした。

四郎は大の戦争嫌いのはずだ。戦争のキナ臭さを感じるだけで敏感に嫌悪する。その気持ちはすでに六年も前に書いた詩「ウルトラマリン」から始まり、最近の詩「ナマ」に至るまでずっと彼の根底に流れるテーマとなっている。日本が柳条湖事件を契機として、いよいよ全面的に中国侵略戦争を展開しようとしているこの時期に、兄はなぜ、最も忌避すべき世界に自らとびこんでいくのかわからない。四郎は五郎の懸念を払拭するように、

「おまえが言いたいことはわかっている。だが、おれは行く。おれみたいなものを雇ってくれる会社は他にねえからな。家族を飢えさせるわけにいかねえし、おれは行くよ」

だからもう止めるな、とでも言うように、四郎は突然兄日出吉の名を出した。

「日出吉兄のことだが、彼も今はたいへんだな」

「うん」

「おれたちによく文句を言ったり、干渉もしたが、基本的には強い正義感をもっていたんだな。あれほど堂々と自分の信念を新聞記事や小説にするとは思わなかった」

彼らの兄和田日出吉が、渾身の力をこめて政財界の醜い癒着ぶりを新聞記事にし、さらに小説に託してその問題を掘り下げたことや、一番乗りで二・二六事件の現場にかけつけ、なまな

ましい報道によって世間の耳目を集めたことなどを、兄弟は誇らしく思っている。

「つい最近、日出吉兄が『二・二六以後』というのを出したのを読んだか？」

「むろん、読んださ」

「ずいぶん思い切ったことを書いている。今どき、あんなことがよく書けたもんだ。兄ながら恐れ入る」

と、四郎が言うと、五郎もうなずいた。

日出吉がその本の中で書いている要旨は、

「国民は政治的自由をもっているはずであり国家は国民が参与することを保障しているはずである。だが、現在においてわれらが法律憲法の字義による通りの政治的自由を現実に確保しているであろうか」という疑問とともに、痛烈な財閥批判もしており、

「私益の追求などは本来資本主義発達の初期においてこそ極端に必要だったが、現在においては、これを調整しないとたいへんなことになる。しかもこの頃は私益追求を保護した資本主義初期の法律を悪用することによって、その目的を達成しようとしているが、こうしたものが国民の恨みを買わないはずがない。今のうちに金持ちは反省しないとえらいことになる」等と述べている。

「日出吉兄は、財閥の中に、三井、三菱、住友、大倉につづいて、川崎、鴻池、野村のほか、われわれと因縁浅からぬ古河の名も入れている。兄貴もまだ足尾鉱毒事件の元凶の古河のくび

きから逃れられないのかな」

五郎の言葉に、四郎は顎に手を当て考えこみ、

「しかし、ふしぎなことだが、財閥と政治家の構造にメスを入れているはずの日出吉兄の筆が新興財閥に対しては、甘くなっていると思わないか。たとえば『二・二六以後』の中の『南進石原廣一郎』のところで、多くの実業人は現実維持者で国家改造など毛虫のごとく嫌っている中で、石原廣一郎のみは敢然と自己の立場を右翼国家主義、反財閥、現状打破と宣言し、しかもその実際運動に身を挺していることはまさに鬼傑であると褒め、さらに、自分は彼に多大な人格的魅力を感じるとまで言っている。正直言って、おれは彼のそんなところに違和感をもった」と苦い顔をした。

「おれもそうだ」と五郎も言った。

石原は南洋で資産をなした新興の財閥だが、烈々たる国粋主義者で、その資産から国家革新運動をする軍人たちに惜しみなく支援金を出していると言われている。二・二六事件をおこした青年将校にも金を出したらしい。五・一五事件のときも自ら東京検事局に出向いて検事総長に面会して堂々と、我こそは国家改新思想家大川周明に資金を提供したと自供したと言われている。

「大財閥が政治家と癒着するのは悪で、新興財閥が国粋主義者と結託して資金援助をするのは悪ではないようなことを兄が本気で考えているなら、それは正しくないし、恐ろしいことだ」

「日出吉兄がこんなことを平気で書くなんて、どうもわからない」

二人は日出吉の思考の二面性に戸惑うが、日出吉が和田家に養子に行って以来、ほとんど会っていないので詳しいことを本人から何も聞けないのがもどかしく、ひたすら兄の身が武藤山治の二の舞にならなければよいがと心配するばかりだった。二・二六事件以来、軍部を筆頭に、自分の意見と違う相手を平気で殺すような風潮が強まっている。

第二章　満州

1

逸見猶吉（大野四郎）が渡満したのは昭和十二（一九三七）年二月、三十歳のときだった。昭和七年に満州国が建国されたとき首都は長春と定められたが、新しい国家には新しい名がふさわしいということで、長春は新京と改名された。

冬は零下二十度になることなどザラといわれるこの街は、日本とは比較にならないほどの寒さで、いかに北が好きな猶吉でも、とんだところへ来てしまったと後悔した。

だが、春になって公園の池の氷が解けはじめ、白楊の新緑が出はじめるころの清新さはまた格別であった。街を歩き、あらためてその壮大さに驚嘆した。

新京駅から南へまっすぐに伸びる大同大街というメインストリートはゆうに十キロメートルもつづく。またその幅はやたらと広く、道路の両側は緑地帯になっており、春は杏やリラの花の甘い香りに包まれている。緑地帯の外側に馬車道や歩道がある。その道幅も五十メートル以上あり、何もかも日本より桁はずれに広く大きい。

新京駅を背に南へ行くと新京神社、満州新聞、関東軍司令部、児玉公園など主要な施設や建物があるが、そこを過ぎると大企業のビル、デパートがある。

住宅事情は、大企業の幹部や高級役人の家は別として、渡満者が増加の一途をたどっているので一般人にとっては住宅難と言われている。

日蘇通信社は新京特別市安達街にある支社兼住宅のちっぽけな平屋の建物であった。

狭い間取りながら三部屋あるこの家の玄関にはじめて看板が掲げられて、一応支社としての体裁が整った。支社はすでにあると聞いていたが、正式のものはこれまでなかったらしい。

猶吉に遅れて日蘇通信社員になった茂木繁夫によると、猶吉は後輩の彼に、「この会社は通信社といってもソ連関係の情報を集めるだけの会社だ。ロシア語を特に必要とされることもない。関東軍の情報部と満州政府の担当者からソ連についての情報をキャッチして、それを電報で東京本社に送る仕事がほとんど。東京への連絡は全部電文だ。その他には月刊誌や年鑑を会社や官庁に売り込んだりするような仕事もある。北京支社やハルビン支社へ行ったり、国境方面への出張もある」と言ったそうだ。

猶吉は軽い口調でそう言ったが、一民間会社の社員が関東軍や政府関係者から機密に関わる情報を簡単に入手できるはずがなく、それができるのは関東軍の後ろ盾があり、身辺は憲兵隊に守られているからだと、茂木は察した。

猶吉は語学に堪能だ。ロシア語もできる。その彼がわざわざロシア語など必要ないという口の裏に、かえって彼がそれを駆使して働いていることを茂木は感じた。

猶吉は関東軍の庇護のもとでこのような仕事をすることを潔しとするわけではなかった。しかし、満州まで来た以上、ジタバタしてもはじまらないと観念して、新しい任務に没頭した。しばらくは詩も書かなかった。書かないのは、時間がなくて書けないというより、書きたくない気持ちのほうが強いからだった。

書けば現実の日本軍の満州での専横ぶりに激しい怒りを叩きつけるにきまっている。どんなに隠喩の手法を使おうと、胸の内から噴出する怒りを止められはしない。自分が今立たされている立場を考えれば、何も書かないほうがましだと思ったのだ。

日本が、国際連盟総会で満州国を否認されたにもかかわらず、強引に溥儀を皇帝にして満州帝国を樹立したのが昭和七年。その八年後の昭和十五年（満州帝国の年号では康徳七年）には、日本人の満州居住者は、都市人口と、満蒙開拓民を合わせて百三十万人あまりにもなった。これは満州国の人口全体（中国人、満州人、朝鮮人、蒙古人、日本人）の二％に当たる。二％の日本人が一等国人として関東軍に守られて生活し、九十八％の他民族を二等国人、三等国人として徹底的に差別している。それでいて「五族協和」や「王道楽土」などのスローガンが国中に麗々しく掲げられているのだ。

同じ日本国民でも満蒙開拓民は別である。満蒙開拓民は極寒の北方の荒野をひたすら開拓するだけのことで、一等国民だからといって何の恩恵も受けず、その労働の辛苦たるや、彼らが内地を出たときの夢を無残にも打ち壊すものである。

猶吉は、ここでも、故郷谷中村を追われ、凍てつく北海道佐呂間の開墾に行かざるを得なかった鉱毒被害民のことを思い起こさずにはいられなかった。

むろん両者には違いがある。谷中村の移民は無人の荒野を開拓したのだが、満蒙開拓民はすでにその地に住んでいた原住民を追い払っての開拓である。このことは開拓民が意識するしないにかかわらず、満州を勝手にわが物にしようとする軍部の野望に加担していることになる。日本開拓民は被害者であると同時に加害者でもあるのだ。

皇国教育は徹底的に行われている。公立学校では、日本人でない韓・満・蒙・漢の四族にも無理やり「君が代」斉唱、宮城遥拝、教育勅語の暗誦が義務づけられている。年号も新たに康徳とつけられた。

猶吉が満州に着いたばかりの昭和十二年七月七日に盧溝橋事件が起きた。北京西南十五キロの永定河にかかる盧溝橋一帯で発生した軍事衝突事件である。

この戦いはいくつかの曲折を経たあと、日本政府はこれを「北支事変」と名づけ、大軍の華北派兵を強行したのである。ただし事件の詳細は日本の一般人にはほとんど知らされておらず、満州に着いたばかりの逸見猶吉もむろん詳しいことは知らなかった。

さらに七月二十五日の廊坊事件、翌二十六日の公安門事件などを契機に、日本軍は国民党政府に全面攻撃を開始した。小規模衝突から全面戦争への拡大は、日本陸軍中枢の、中国は一撃で日本の要求を受諾するはずだという「一撃」論による見方が大きかったという。

猶吉は、といえば、日本に置いてきた家族を一日も早く呼び寄せたいと思っていた。長女を一歳の誕生日も迎えぬうちに亡くしてしまった彼は、小児麻痺を病む次女真由子のことが心配でたまらず、絶えず手紙で妻の静に娘の様子を問い合わせていた。

彼がじっさいに妻子を新京に呼び寄せたのは、渡満してから一年後の昭和十三年のことである。彼は母子を迎えに東京に行っている。

一年ぶりに会った真由子は、麻痺の具合はよくも悪くもなっていないが、知的には年齢相応の成長を見せ、感受性も強くなっていた。父の留守の間、母親に四六時中抱かれてひっそりと過ごしてきた彼女は、髪がボサボサで、髭（ひげ）だらけの真っ黒な顔に鋭い目つきの父におびえて大泣きした。彼が抱き上げようとするといっそう激しくエビのように体をのけぞらせて泣きわめく。

「あなた、とにかく、その髭と髪、なんとかしてください」

慌てた静がそう言うので、猶吉は大急ぎで洗面所に駆け込み、ゴワゴワした髭を剃り、長く垂れている髪をハサミで切った。それで少しはさっぱりしたが、顔の黒さと目の鋭さだけは隠しようがなく、真由子はまだ警戒心を解いてくれなかった。

彼は真由子に気に入られようと無理に笑顔を作ったり、やみくもに歌を歌ったりして機嫌をとった。それでも真由子はなかなかなつかない。

短気な猶吉にしてはせいいっぱい辛抱強く努力した結果、真由子はようやく父を認めてくれて、かすかな微笑のようなものを見せるようになった。それに自信を得て、猶吉が強く抱きしめると、真由子も大きな声を発し、父に応えてくれる。

猶吉はそんな真由子をかけがえのないものと思った。たった一人の娘さえ幸せにできないで、偉そうな御託を並べていてはいけない。これまでのようにむずかしいことを言ったり、考えたりするのはよそう。真由子さえ笑顔を見せてくれればいいのだ。

渡満後の猶吉には親しい友もできなかったが、別にさびしいとは思わなかった。もともと孤独でいることが好きなのである。

ところがあるとき、行きつけの飲み屋で偶然知り合った人から満州にいる詩人たちが『満州浪曼』という同人雑誌を発刊したばかりだという話を聞かされ、その発刊パーティにいっしょに行かないかと誘われた。

『満州浪曼』という同人雑誌は、季刊誌で三百頁（ページ）ほどもあるりっぱなものだという。

パーティに出席するだけならいいだろうと、物好き半分に参加した猶吉は、酒に目がないこともあって、同人たちの二次会、三次会にまでつき合うことになった。

中でも編集人の北村謙次郎と長谷川濬（しゅん）という男と話が合い、大いに盛り上がった。久々の飲み会は楽しかった。だが、それもその場限りのことと割り切り、猶吉は『満州浪曼』に入るつもりなどまるでなかった。

日本にいたときもそうだが、彼は特定の思想信条をもったグループに入ることは嫌いだった。『満州浪曼』が特定の思想信条をもつ人々の集まりかどうか知らないが、出版資金は満州国協和会から出ていると聞けば見当がつく。

満州国協和会は満州の住民を組織動員するための官製団体で、満州国や関東軍の高官が幹部となっている。一般の公務員や実業関係者のほとんどが協会員であるという。

会員はみんなお仕着せのようにカーキ色の詰襟の協会服を着て、多くは丸坊主頭で、まるで軍隊みたいな団体が資金提供する同人誌などに、猶吉は頼まれても入りたくなかった。

だが飲み会となると、酒が大好きな彼にとっては話は別だ。

それに参加しているうちに、何かのはずみに彼が日本で出されている『歴程』の逸見猶吉だということがバレてしまった。満州にいる詩人たちの間では『歴程』の評価が高いのだという。その中でも特に逸見猶吉は、日本における新詩の旗手として名高いと聞いて、本人の猶吉はくすぐったくてたまらない。

猶吉に対して一番熱心に『満州浪曼』への入会を誘ったのが長谷川濬だった。彼は猶吉より一歳年上で、満州映画協会（満映）の社員であり、満州国協和会の中堅幹部でもある。今から五年ほど前に満州に来て、満州国外交部、国務院総務庁などを経て、満映に入った。職歴は堅苦しいが、根は純情な文学青年のように見受けられた。その長谷川は日本にいたとき、逸見猶吉の「ウルトラマリン」連作を読んで大いに感激したという。その当の猶吉が目前に現れたのだから長谷川は興奮した。そして、是が非でも猶吉を同人にしようとしたのである。

北村謙次郎は、猶吉より三歳年上、かつては日本浪曼派に属していた詩人だった。

猶吉が長谷川と北村の二人を酒の上の友として親しくしているうちに、いつのまにか他の文学青年たちも仲間に加わりはじめた。彼らは同じ協和服を着て、似たようなことをしゃべるが、心の中まで協和会的ではないように猶吉には思えてきて、次第に警戒心が薄らいだ。

一癖も二癖もある詩人たちが満州に来た理由はさまざまで、一旗あげようとする野心家もいれば、日本で食いつめた放浪者などもいるし、思想的に、右翼から左翼まで多様な夢と思惑をもっているが、本性はどれもこれも無邪気で、他愛のない飲んだくればかりだった。

一方、猶吉の兄の和田日出吉は、昭和十三年七月に満州新聞社長として渡満してきた。満州にはすでに関東軍が発行する御用新聞があるが、政治的宣伝ばかりの硬い紙面はさっぱり人気がなく、それを打開するために新しい編集方針で、読者が興味をもつような新聞作りをやってみないかという誘いが、ある方面から持ちかけられたのである。

武藤山治が凶刃に倒れて以来、日本での住みづらさを感じる日出吉はこれを受け入れた。

猶吉は兄が満州に来たことを知り、すぐにも会いたかったのだが、ためらう気持ちのほうが強かったのは、ある情報によると、日出吉の渡満の陰に奇妙な人脈の力が働いているのを知ったからで、そのため、兄に会いたい気持ちが急に冷えたのである。

日出吉の陰にある奇妙な人脈というのは、満州国法人・満州重工業開発株式会社社長鮎川義介や満鉄総裁松岡洋右らのことだった。

鮎川義介は日産自動車社長で、多角化戦略を展開して傘下企業を増加させ、日産コンツェルンと呼ばれる新興財閥を確立し、さらに満州への重工業進出に成功した男だ。

日出吉は日本を離れる前、『日産コンツェルン読本』を書き、その中で、日産が満州へ進出していく過程や社長鮎川義介本人の人物像を浮き彫りにしたが、そこではかなり好意的な書き方をしている。鮎川義介に満州進出を勧め成功させたのは、満州国国務院実業部総務司長岸信介や関東軍参謀本部の石原莞爾である。

松岡洋右は、国際連盟特別総会で日本首席代表として満州国の正当性を主張したが、否認されて孤立し、退場したことがかえって日本人の喝采を浴び、国際連盟脱退の主役として有名な人物である。

鮎川、松岡、またそのバックにいる岸や石原らのいずれをとっても満州を足場に日本の軍国主義強大化に向けて進軍ラッパを吹きならす政財界、軍人のボスたちである。

兄の背後の人脈構図を知った猶吉は少なからぬ疑問と失望を覚え、兄に会うことにも気が進まなくなり、一年近くも無音（ぶいん）のままでいた。

翌昭和十四年には、満州と外蒙古の国境で日本・ソ連両軍の大規模な武力衝突事件（のちにノモンハン事件と呼ばれる）が起きた。ソ連の圧倒的な戦力の前に戦況不利を悟った大本営は事件の不拡大方針を決めたが、関東軍はこれを無視し攻撃をつづけた。それに反発したソ連軍が総攻撃をかけたため日本軍は一個師団壊滅（死者千四百人）の大敗を喫した。いったん撤退したものの関東軍は再び第二次の戦闘を強行したため、結果的には二万人余の死傷者を出した。これも日本国民には完全に秘密にされ、ノモンハンという地名さえ知らない人が多かった。

猶吉の赴任当初、仕事は簡単な業務だと言われていたが、それは表向きであって、日蘇通信社の社員である彼は、北満の戦火のあるところにはどこへなりと行って取材することが求められた。さらに、取材の結果のうち当局に都合のいいことだけを書かされる。

猶吉は満州へ来てはじめて一番危険な場所、北の国境地帯、ノモンハン方面への取材を命じられた。兵隊ばかりか取材者もどんな危険に遭遇するかもしれない命懸けの取材だった。

なんとか無事に任務を果たして新京に帰ってきた猶吉に、兄日出吉から会いたいという連絡が入った。死線を越えてきてなぜか人恋しくなった猶吉は、今度は素直に兄に会いたいと思った。

2

「おう、ここだ、ここだ」

日出吉は、やってきた猶吉を数メートルも離れた席から手招きして、声をかけてきた。

アヅマホテルのロビーで朝食を共にしようと言ったのは彼だった。はじめは有名なヤマトホテルを指定したのだが、気が変わったらしく、ここになった。

アヅマホテルは、ヤマトホテルほどではないが、在満の日本の政治家、軍人、実業家などのお偉方が事務所代わりにしたり、会合したりするのによく使う一流ホテルである。建物全体は仰々しい造りではないが、品格があり、清潔で、使用人のマナーもさすがにいい。

エントランスから入ってくる少数の客の人影は、ロビーには向かわず、あわただしく足早にエレベーターの方向に消えていく。彼らの重要な込み入った話は各個室内で交わされるのだろう。そのせいか、広々としたロビーには客がまばらで、ほんの数組がそれぞれ話し声も聞こえないほど離れたテーブルについているだけだった。

猶吉はがっちりとしたマホガニーのテーブルについている兄の側まで歩み寄った。

日出吉は詰襟の協会服を着ている。以前よりかなり太ったらしく、椅子に座っていても腹が突き出て、ぴっちりとした協会服が苦しそうだ。弟と会うのだから普段着でいいのに、満州新聞社の社長としては常に協会員であることを示す必要があるのかもしれない。

むかしの日出吉は背が低いのを気にして、踵部分を高くした特製の靴を履いていた。今もそうしているのかと、猶吉は確かめてみたかったが、ズボンの裾に隠れて靴は見えなかった。彼の頭髪のてっぺんが光っているように見えるのは、頭上のシャンデリアの光のせいか、髪が薄くなっているせいかわからない。

兄弟でも母親の違う日出吉は、猶吉や五郎と違って目が細く、扁平な顔の造りなのだが、それなりに整った美男と言われ、東京にいるころは、花柳界はむろん、女性作家や、女性編集者に至るまでいろいろな方面の女性たちから騒がれていた。その面影は今もわずかながら残っているように感じられる。

日出吉は突っ立っている弟を見上げて、満足そうにニヤリとし、

「いよう、詩人逸見猶吉氏のお成りだな。ずいぶんりっぱになったな」

と、言い、自分の言葉に、うん、うん、とうなずいた。

猶吉は、妻の静の言葉を聞き入れて、身なりを整えてきてよかったと思った。彼女は、「久しぶりに地位のあるお兄様と会うのだから、そんな汚い恰好では失礼ですよ」と言い、日本からもってきた一帳羅のスーツを取り出し、アイロンを当ててくれたのである。

ロビーはいつまでたっても静かだった。兄弟の様子に特別に目を向けている者などだれもいない。

「ま、座れよ」

と、日出吉は猶吉に隣りの椅子を指さし、自分はゆったりと葉巻を吸いながら、

「よく来てくれたな」

こんなに優しげに愛想よく話しかける兄を知らないので、猶吉はびっくりした。兄はむかしから父よりも厳格で近寄り難かったのだ。彼も苦労したせいで柔軟になったのだろうか。日出吉は笑顔を消さないままで、

「もしかしたら、会いたくないと断わられるかと思った」

「どうしてです」

「いや、別に理由はないが」

しばらく兄弟は互いを探るような目つきで見つめ合った。先に視線を外した日出吉は、

「ま、おまえも一杯どうだ。すぐ食事を運ばせるが、その前に」

と言って、すでに自分のために運ばれている朝食のトレイを脇に押しやり、ウィスキーのグラスを手にした。

「これは、これは。食前酒にウィスキーですか」

猶吉は呆れたが、拒まなかった。

日出吉はボーイを呼び、猶吉のために自分と同じものを注文したあと、いきなり聞いた。

「おまえ、いくつになった」

「これでも、もう、三十二歳になりました」

「ほう、いい歳になったな。世帯をもってるんだな」

「ええ」

「いいかみさんらしいな」

　日出吉は弟の、古いが仕立てのいいスーツや趣味のいいネクタイに目を向けて言った。

「ええ、まあ」

「満州までおまえについて来るかみさんなら元気なんだな。子どもはいるのか」

「もうすぐ二人目が生まれます。上は女の子です」

「へえ、おまえが人並みに父親をやってるとはなあ」

「まあ、なんとか。兄さんとこはどうですか。嫂さんは元気ですか」

　猶吉は、日出吉が和田家の家つきの娘と結婚したときの披露宴で、花嫁姿のその人を遠く末席から眺めたきりで話したことはない。きれいな人だった。

「栄子か。残念ながら元気とは言えん。生まれて間もない子を亡くして以来、ずっとふさぎこんでしまってな。とても満州なんかに連れてこられる状態じゃない」

「そうですか。それはお気の毒に」

　自分と同じく兄夫婦も小さな子を亡くしたと聞いて、猶吉は同情した。日出吉も気の毒だが、あのおとなしそうな嫂はもっとかわいそうだと思った。

「ところで兄さんはいくつになったんですか。いやに貫禄がついたが」

今度は猶吉が訊ねた。

「おれか？」日出吉は苦笑のようなものを浮かべ、

「おれは厄年だよ。去年前厄がきた」

「前厄？」

「おまえも知っているだろうが、日本でおれの書いたものが評判になった。それはいいが、その内容が気にくわないという輩から、脅迫された。正直、気味が悪かった。そんなおれに、友だちの大佛次郎なんかが、自由にものが書けない日本にいてもしようがないだろう、満州へでも行けと言うから、こっちへ来たんだ」

「作家の大佛さんの勧めですか。他にも偉い人が後押ししてくれたんじゃないですか」

猶吉はせっかちに核心に触れてしまった。だが、日出吉はサラリと躱し、

「そんなもんはおらんよ。おれは勝手にここへ流れてきたのさ」

「流れもんが渡満してすぐ新聞社長の座につけるなんて幸運じゃないですか」

なおも突っ込もうとする猶吉を相手にせず、日出吉は得意げに笑いながら、

「おれは自分に会社経営の才があることがわかって驚いたよ。すっかり読者が離れてしまって今にも潰れそうだった新聞の発行部数を、たった一年で二十万部までに押し上げたんだからな。すごいだろう」

「へえ、そりゃお手柄だ」

猶吉はボーイが運んできたウィスキーに目を奪われ、日出吉の自慢も上の空になった。

「どういうふうに新聞を成功させたんだ、って聞かないのかい」

「………」

大した興味も示さない弟に、日出吉は自分から説明をはじめた。

「おれはまず、これまでの、いかにも御用新聞らしい『大新京日報』という名を平易な『満州新聞』に変えた。中身も、硬軟取り混ぜたコラムを載せて、読みやすくした」

「はあ」

「さらに、東京に通信部を作り、経済学者や哲学者や小説家などを執筆陣に加えて紙面内容を充実させた。また朝鮮にまで通信部を増やし、より広範囲に新鮮な情報を集めた。さらに新聞社主催で音楽家を招いて演奏会を行ったり、一般人から歌詞や作曲を募って満州を讃える歌を作ったりして、読者との距離を近づけるための文化活動も盛んにした……」

「ほう」

猶吉は、兄とは厄介な話をしないで、穏やかに久闊（きゅうかつ）を述べるだけの再会にしようと思っていたのだが、その兄が得々と自慢話ばかりするのを聞くと、だんだんと苛立たしくなった。

「大した手腕だ。ところで最近は新聞社の他に、満映の理事にもなったそうですね」

これは最新の情報だった。日出吉はいっそう機嫌よくなった。

「そうなんだよ。理事長からぜひになってくれ、と、頼まれたんでね」

「理事長から直々に、ですか」

「そうだ。これまでの満映は安っぽい劇映画と、政府の宣伝映画の二本立て。面白くもなくて観客が来ず、経営が成り立たない状態だった。それを立て直そうというわけだ」

「兄さんは映画の事業なんかやったことがないのに、どんな実績が買われたんですか」

「おれの満州新聞経営の手腕が鮮やかだからだよ。新聞も映画も似たようなもんだから」

日出吉のあまりの屈託なさが猶吉をさらに焦らした。彼は、さりげない世間話で終わろうと思っていたことも忘れ、つい深入りした。

「理事長というのは、甘粕正彦ですね、あの人殺しの」

と、大きな声を出すと日出吉は周囲を見回し、

「お前、声がでかすぎるぞ。人がいないと言ったって、どこでだれが聞いてるかしれん」

と、強い口調で猶吉をたしなめた。

だが猶吉はいったん言い出したからにはもう止められない。ナプキンを乱暴にテーブルの端に押しやり、声を落として、

「だれも聞いちゃいませんよ。それより甘粕なんかと組んで大丈夫ですか。あの男、人殺しの上に稀代の謀略家だそうだが」

「そんな評判は、おれは知らない。彼はいい人だよ」

周りに聞いているものがいないとわかっても日出吉は油断なく慎重に答えた。

元憲兵大尉甘粕正彦は、関東大震災の戒厳令下で無政府主義者たちを殺害したばかりか、いたいけな七歳の子どもまで殺した残酷な人物として、世間で知れ渡っている。裁判で有罪となり、服役したあと、仮出所して渡仏した。そのわずか三年後の、昭和四年の秋には、忽然と満州に現れた。さらに昭和六年には清国皇帝溥儀の天津脱出に手を貸し、溥儀をかついで満州帝国建国の謀略を練った中心人物の一人と言われている。一説には、彼が関東大震災の戒厳令下で行った非道な行為は、冤罪であり、憲兵隊上層にはめられスケープゴートにされたのだとも言われている。だが彼は軍隊の規律を維持するために沈黙を守り、甘んじて罪に服した。服役したあと、ヨーロッパへ留学した。常識的に考えればその過程で、彼が軍隊に嫌気がさし、次なる人生は平和で静謐な生活を求めてもいいはずであるが、彼にとっては、一身を賭して国体護持のためにはたらきつづけるのが使命であるらしく、平和で静謐な生活など思いもよらないのか、再び使命遂行のための場所を満州に求め、満州建国に献身しはじめた。と言っても一応世間的には前科者であるから、すぐには表舞台で政治活動をしなかったが、かなりひんぱんに関東軍の石原莞爾や板垣征四郎らと連絡を取り合い、満州占領計画に重要な役割を果したと言われる。

こんな前歴をもつ甘粕が理事長として満州映画協会に入ったときは、最右翼軍国主義者がやってきた、と社員たちが恐れたという。

だが日出吉は、甘粕のために弁明する。

「おまえがどんな噂をだれから聞いたか知らないが、あの人は誤解されている。敵が多いのは事実だが、どこにも完璧な人間などいない」

「完璧でなくていいんだけど、性懲(しょうこ)りもなく陰謀を繰り返すのは……」

言い募ろうとする猶吉に、日出吉は最後まで言わせず、口を歪めて、

「もうよせ。過去はともかく、おれは現在の理事長に敬意をもって仕えているんだ」

「敬意をもって仕える？」

「そうだ。おれはあの人に世話になっている。だからおれも感謝と敬意をもって仕える」

「世話をしてくれる人とならどんな人とでも折り合えるってことですか……」

と、激しく突っ込もうとしたとき、別の二人づれの客がやってきて、猶吉たちに近いテーブル席に座ったので、猶吉は言うのをやめ、頬に蔑(さげす)みの色を浮かべただけだった。

日出吉は何事もなかったように、だが声は落としたまま、話題を変えた。

「おまえは日蘇通信社というところに勤めているそうだな」

「ええ。兄さんは何でも知っていますね」

「当たり前だ。これでもおれは新聞屋だから何でも知ってるさ。仕事は面白いか」

「面白いわけがないじゃないですか。辞めたくて仕方がありません。やくざな仕事です」

「そうか。面白くもない仕事をやるのは、男としてつまらんな」

「つまらないどころか辛いですよ。食うためには仕方がないから辞められないけど。今度の取材だって、危うくするとこちらまで命を失うところでした。しかも無理に行かせておいて、見た真実をありのまま書いてはならぬ、と言うから嘘を書く。それに抵抗できない自分がみじめでならない」

「取材というのは、例のところだな」日出吉は地名を避けて言った。

「そうです。悲惨なものです。言葉にならない。戦争はいけませんよ。それを仕掛けようとする奴らはもっと許せません」

またしても大声を出しはじめる弟にうんざりしたように、日出吉は、

「わかった、わかった。そんなに厭な仕事なら、辞めたほうがいい」

「そう簡単には辞められません」

「そりゃそうだろうな」

それなら、おれが別の仕事を世話しようか、などとは言わず、日出吉はまた話題を変えた。

「おれは、おまえが詩人として有名になっていると人から聞いて喜んでいる。満州の詩人たちは、おまえを天才詩人だと褒めているそうだ。これはおれの世辞じゃないぞ。連中はおまえが『満州浪曼』に入って、会の芸術的水準を押し上げてくれることを切望しているのに、おまえは絶対入会しないと言っているそうだな」

「絶対入会しないなんて、そこまで言っていませんよ。兄さんはそんなことまで調べ上げてい

るんですか」

「おれが調べたんじゃない。長谷川濬から聞いたんだ。長谷川は、おまえが『満州浪曼』に入会するよう説得してくれと、おれに頼んだ」

「長谷川？　ああ、あの、長谷川濬？　そういえば、あいつは満映の社員だと言ったっけ？」

猶吉はやっと彼らのつながりに気がつき、顔をしかめた。

「なるほど、そういうことか。おれを『満州浪曼』の同人にすれば長谷川濬の面目も立つし、兄さんの顔も立ち、ひいては協和会元締めの甘粕正彦の覚えもめでたくなるという寸法か」

猶吉が当てつけがましく呟（つぶや）くと、

「おい、おい、長谷川君はそんなつもりじゃないぞ。彼は根っからの純情な文学青年だから、おまえの詩に感動し、おまえに好意をもっているだけだ」

だが、猶吉はきっぱりと言い放った。

「いくら彼がおれを好きでも、おれは協和会のお先棒をかつぐような、やつらの仲間にはなりたくありません」

「相変わらず強情で反抗的で、子どもみたいだな、おまえは」

日出吉は首を振り、心から嘆かわしそうに葉巻を嚙み、

「今どき、この満州の公務員やジャーナリストや文化人で協和会に入っていないものなんぞいるもんか。右翼も左翼もいっぱいいて、それぞれの理屈があっても、それを抑え、ともかく若

い満州国に自分の理想を賭けようとしている。別に島流しにされたわけじゃあるまいし、自分が選んでやってきた満州だ。たとえ気に入らないことがあっても、つまらない反抗をして自滅するよりも、自分を生かす方法を必死に考えているんだ。おまえも、満州に腰を据えるつもりなら、妙なこだわりを捨て、柔軟に、まずは一歩を踏み出すんだ。それができないなら会社を辞めて日本へ帰るしかないだろう、尻尾を巻いて」

兄独特の励まし方だとわかっていても、猶吉は、その昔から変わらない支配的な言い方が厭だった。だが、さすがにこのまま喧嘩別れをしないだけの分別はあり、

「おれも相変わらず青くさいが、兄さんも相変わらず説教好きだなあ」

と言うのにとどめた。

3

猶吉は『満州浪曼』に入ることにした。兄の説教に従うわけではないが、彼の言う通り、この満州にやって来たのが自分の意思だったことは事実で、会社の命令を断わろうと思えば断われたのに、自分が承諾したのだ。狭い日本の息苦しさに耐えかねて満州へ行けばもっと自由闊達な空気が吸えるだろうと甘く考えていたのは間違いだった。まさかこの地がこれほど、上から下までカーキ色の協和会員で固められた窮屈な世界だとは思わなかった。と言って、尻尾を

巻いてここから逃げ出すような情けなく卑怯なことができるものか。兄の言い分ではないが、今は踏み出しのときだと自分の意識を変えるべきかもしれない。

数日後、長谷川濬が和田日出吉の執務室にやってきて、

「和田理事のお陰で、逸見猶吉さんがやっと我々の『満州浪曼』に入会してくれました。有難(ありがと)うございました」

「いや、わたしのお陰ではないよ。強情者の弟がおれの言うことなんか聞くもんかね」

と、日出吉は答えた。弟は兄の渡満の陰に満州政財界の大物たちがついていることが気に食わぬらしいし、さらに現在、兄が甘粕正彦という曰(いわ)くつきの男の眷顧(けんこ)を受けていることに嫌悪感があるのを隠さなかった。そんな弟が兄に説教されて簡単に協和会の巣窟『満州浪曼』に入会するはずがない。そう思いつつも彼は、弟が結果的に自分の言葉に従ったと判断し喜んだ。

家父長制色の強い家で育った彼は、むかしも今も弟たちを支配することを義務としている。

「いや、そうおっしゃっても、やはり兄弟の情はものを言います……」

あくまで日出吉のお陰だと言い続ける長谷川に、日出吉は強い眼をして言った。

「わたしたち兄弟は長く離れて暮らしているうちに、考えることもやることも相当に違うようになったらしい。だからと言うわけでもないが、我々が兄弟だということを他人には話さないでもらいたい。そのほうがどちらのためにも都合がいいんだ」

「わかりました。和田理事がそうおっしゃるならそうします」

同人の一人は、逸見猶吉が『満州浪曼』に入会してきたときの印象をのちにこう述べている。
「彼の顔は、浅黒く引き締まり、鼻が高く、目がギラギラして目尻が深く、何か荒々しい水夫のような面構えだった。こちらが初対面の挨拶をしているのに、ちょっと頭を動かすだけの不敵で傲慢な態度だった。そんな態度なのに、ある瞬間、破顔すると、その人懐っこい微笑が全体の不遜さを打ち消した」

逸見猶吉は『満州浪曼』入会の挨拶文を書いた。「言葉を借りて」と題された文章の概略は次の通りである。
「私がこの輯から『満州浪曼』の同人に加えられたことは多分に長谷川君の好意からだった。入会して暫くしてから何か挨拶のようなものを書いてほしいということだったが、筆不精の私が締切りを過ぎた今ごろになって、彼の心労と好意に対して済まないと思いながら、また心の隅では何の理由もなく同人になったことを悔いたりした。だが、後退はすまい。今の世代はあらゆるものが踏み出しの時期だ。久しい間、詩において勉強し、苦痛としてきた私の胸盤に今こそ更に過酷な打尽力を加える必要がある。それは誰のためでもない。私のためだ。全体に繋がる私の問題はもはや私だけの問題ではないと思うからである。

満州に来て以来足かけ三年になるが、身近に知友をもたなかった私は漠然と大陸ジャーナリズムを眺めているに過ぎなかった。時折旅行で訪ねるバルガの草原や僻遠な国境などに啓発されることで十分だった。孤独に偏する精神の頑な伝承とでもいうかそれが私の血だ」

猶吉はつづけて哲学者アランに触れ、

「洞察と叡智に充ちた、一見静かに深々と覗かれるアランの機構の底に予想よりもはげしい熱烈な現実探求の眼を感じた私は、最後のヨーロッパ人であるアランのたくまざる強靭性と包容力に打たれた。私は、否私たちは、常に現実の踏み出しにおいて錯乱と撞着し易い。受けるだけの苦痛は受けねばならない。要は、そこから先に進んで、あらゆるものの全体に通じる道に立つことであろう。私は書かねばならない。長谷川君そうではないか」

アランはペンネーム。本名はエミール・オーギュスト・シャルティエというフランス人で一九二五年に著した『幸福論』で知られ、哲学者、教育者、評論家として活躍している。

彼の合理的ヒューマニズムの思想は二十世紀前半、フランスに大きな影響を与えたと言われる。日本では、政治的には急進的共和主義者、人格的には合理的モラリストとして語られることが多い。

この挨拶文を書き留めた菊地康雄は、猶吉の変化と危険を感じた、と、戦後『歴程』に連載した「若き日の詩人とその周辺」の中で書いている。逸見猶吉が合理的モラリスト、アランを持ち出して『満州浪曼』に入る一つの根拠にしていることに不可解さを感じたのだ。

菊地康雄は猶吉が満州に渡って間もなく知り合い、年は十三歳年下だが、猶吉とひどくウマが合った詩人である。満州の雑誌社に勤め、『満州浪曼』の同人でもある彼は、猶吉が人生最後の執念をもやした同人誌『飛天』の同人でもあって、猶吉の型にはめられない奔放な生の姿をずっと見てきた。当時かなりアナーキーな詩を書いていた菊地が、この挨拶文はこれまでの猶吉らしくないと敏感に反応したのは当然だろう。

猶吉が『満州浪曼』にはじめて載せた詩は「汗山（ハンオーラ）」である。「汗山（ハンオーラ）は蒙古語にて興安嶺の意なり」という注釈がついている。これまでの彼は口語体の詩を書いていたが、満州にきてから文語体を使うようになった。

汗山（ハンオーラ）

茫々（ぼうぼう）たるところ
無造作に引かれし線にはあらず
バルガの天末。
生き抜かんとする
地を灼かんとするは
露はなる岩漿の世にもなき夢なり
あはれ葦酒に酔ふ
旧き靺鞨（まつかつ）の血も乾（か）れはてゝ
いまぞ鳴る風の眩暈。

日本で作った詩に比べてひどく短い詩だ。彼は断片だと断わっている。

バルガとは草原の名であり、蒙古族の流れのバルガ族が住んでいるところである。これはバルガ草原を中心としてかけめぐった蒙古族やツングース族（漢時代東北の森林地帯にいた先住民）の風雲児たちの興亡を想像した、短いが、壮大、かつ、悲痛に満ちた詩である。「旧き靺鞨の血」が、戦いによって故郷の地を奪われ、果てもなく流され、流浪の身となったものたちへの哀惜。猶吉の心の奥深くに沈んでいる谷中村への心情と共通するかもしれない。

そんなことを知らない同人の坂井艶司は、こんな見方をした。

「逸見の詩は、従来私が拠（よ）っていた『四季』流の抒情より、一層肉体的にも厚みを感じさせられた。満州の広漠たる大地にうたうべき詩をもとめていた詩情が、渡満間もない詩人によってこのようにうたわれた」

確かに、この満州のどこまでも果てしない荒漠たる大地の美を表現するには、従来の繊細な日本の詩の手法では手に負えないものがあった。だが、逸見は見事にそれを果たしていると坂井は感嘆したのだ。長谷川濬も坂井と意見が一致した。

日蘇通信社の勤めが厭になっていた猶吉は、幸運なことに詩友藤原定（さだむ）と森竹夫の斡旋で、念願の転職をすることができた。

新しい勤め先は「満州生活必需品配給株式会社」という、満州国政府が大半の資金を出し、若干の日本企業の株主が参加して設立された会社で、食品、洋品雑貨、協和服、運動用具などを仕入れ、一般人に配給するのである。そこでは公務員並みの給料がもらえて社員寮もある。住所は新京特別市映画街七〇五号、生必永寿街社宅。猶吉は弘報課に回され社内誌『物資と供給』の編集担当となる。

彼は日本にいる弟、大野五郎に手紙を書いた。筆不精だった彼も満州に来てからはだれよりも心許せる五郎に何かと身辺のことを知らせるようになっている。

手紙は、満州生活必需品配給会社に転職できたこと、兄日出吉に会ったことも書かれ、

「あの何者も恐れぬ剛毅な記者だった兄もすっかり変わったように感じられる。彼は満州に来てからの心境をほとんど何も語らない。変わらないところは、今も偉そうに兄貴ぶることと饒(じょう)舌(ぜっ)な説教だけだ」

それにつづいて、猶吉は長男隆一が生まれたことも知らせてきた。

「転職と息子の誕生。よいことはつづくもんだ。崑崙(コンロン)の崙をとって、息子をロンと呼ぶことにするんだ。おれはこの子と相撲をとるのが今から楽しみだ」

無頼で通してきた兄がこれほど子煩悩だとは意外だったが、五郎が思い出してみれば、彼は本来ひどく子ども好きだった。少年のころから妹たちや親戚の子にも優しかった。

猶吉は小児麻痺の次女真由子をマユタンと呼び、彼女におしっこをさせるのも自分の役割とした。すでに三歳になった彼女をまるで生まれたばかりの赤ん坊を扱うように、両手を子ども

の腿にかけ、「シー」と声をかけて、縁側からおしっこをさせる。
真由子も父にそうされるのを喜んだ。

転職後の猶吉の生活が落ち着いてくるころから、詩人仲間では、彼が満州新聞社長であり満映の理事でもある和田日出吉の弟だということが知られてきた。いくら長谷川が日出吉から口止めされていても、そういうことは自然に漏れるものらしい。

噂に尾ひれがついて、放浪詩人の猶吉が日本を食い詰め、どうしようもなくなって兄を頼り、満州へ来たのだなどと、まことしやかに囁(ささや)かれることもあったようだ。

その間にも満州の雲行きは険しさを増した。関東軍の暴走が止まらないのだ。日本国内でも戦争肯定の声が次第に高まってきた。そこへ近衛文麿内閣が大東亜新秩序形成を謳(うた)った基本国策要綱を出し、陸軍による重慶爆撃、同じく海軍でも重慶攻撃、さらに南寧攻略、海軍による海南島占領などたてつづけに武力行使をしはじめた。近衛内閣の基本国策要綱に危惧をもつ日本人がいないわけではないが、全政党が解党させられ大政翼賛会となった状況下、また治安維持法の再改定による弾圧のきびしい中ではだれも反対することができなかった。

猶吉は「汗山(ハンオーラ)」につづいて、「地理二編」と題して「海拉爾(ハイラル)」、「哈爾浜(ハルビン)」という詩を作った。

「海拉爾(ハイラル)」は、関東軍がソ連軍と激しい武力事件を起こしたときに駐屯した地である。

海拉爾(ハイラル)

凄(すさ)まじき風の日なり／この日絶え間なく震撼せるは何ぞ
いんいんたる蝕の日なれば／野生の韮(にら)を噛むごとき
ひとりなる　汗(ハン)の怒りをかんぜり／げに我が降りたてる駅のけはしき
悲しき一筋の知られざる膂力(りょりょく)の證(あかし)か
啖(くら)ふに物なきがごと歩廊を蹴るなり
流れてやまぬ血のなかに泛(うか)びいづるは／大興安のみぞおちに一瞬目を閉づる時過ぎるもの
歴史なり／火襤褸(ひぼろ)なり／永遠熄(や)みがたき汗の意志なり
風の日樺(かんば)飛び　祈りあぐる
おゝ砂塵たちけぶる果(はて)に馬を駆れば／色寒き里木(リーム)旅館は傾けり

ハイラルを中心にしたバルガ草原にはいろいろな種族の興亡があった。かつてジンギス汗もここを席捲(せっけん)した。その古い当時の光景を表現しているようでありながら、じつは近代の、すさまじく、まがまがしい戦火のことを彼は訴えたいのだ。

自分が降り立ったハイラル駅のプラットホームには軍隊がいて、飢えた野獣のように軍靴を鳴らす……。里木旅館とは、彼が取材時に逗留した旅館の名であろう。

哈爾浜（ハルビン）

埠頭区（プリスタン）ペカルナヤ
門牌（もんぱい）不詳のあたり秋色深く／石だたみ荒くれてこぼるるは何の穂尖（ほさき）ぞ
さびたる風雨の柵につらなり／擾々（じょうじょう）たる世の妄像ら傷つきたれば
なにごとの語るすべなし
巨（おお）いなる土地に根生えて罪あらばあれ／万筋なほ慾情のはげしさを切に疾（や）むなり
在るべき故は知らず
我は一切の場所を捉ふるのみ／かくてまた我が砕く酒杯は砕かれんとするや
かかる日を哀憐の額もたげて訴ふる／優しさ著（いちじ）るしきいたましき
少女名は／風芝（ふおんず）とよべり
死の黄なるむざんの光なみ打ちて／麺麭つくる人の影なけれどもペカナルヤ
ひとしきり西寄りの風たち騒ぐなり

日本にいる大野五郎は兄猶吉が満州で作った三篇の詩「汗山（ハンオーラ）」、「海拉爾（ハイラル）」、「哈爾浜（ハルビン）」を、当時はすぐに知ることはできなかったが、戦後数年たってから、尾崎寿一郎という詩人に教えてもらった。

尾崎寿一郎は、前記した菊地康雄の「若き日の詩人とその周辺」を目にして以来、逸見猶吉という詩人に関心をいだき、やがて逸見猶吉研究の第一人者になった。

昭和十六年十二月、日本はついに太平洋戦争に参戦した。

満州では満州国総務庁弘報処の権限が拡大され、文芸、美術、演劇、音楽の普及を図った。文化の普及とはいうものの、じっさいは戦争のための宣伝であって、当局への批判や懐疑は絶対許さず、取り締まりはきびしくなる一方だった。

文芸界でも、在満の文化人をひとまとめに束ねた感のある『芸文』という雑誌が出され、『満州浪曼』はその中に吸収されていった。『芸文』に原稿を書くと、稿料が支払われた。

その年の四月に「満州詩人会」なるものができ、八月には「満州芸文連盟」が結成された。猶吉はそれまで、先の三篇を発表しただけだった。詩を作らなかったというより、作れなかったというほうが正しいだろう。

だが、酒好きの詩人仲間との親密の度はますます深まり、ひたすら酒を飲みつづけるうちに彼のもつ独特な魅力に人気が高まった。気がついてみれば、彼はすっかり満州における詩人たちのリーダー格に押し上げられていた。

長谷川濬は逸見の「海拉爾」と「哈爾浜」を読んで、その描写の気韻ある格調の高さに魅せされ、感激のあまりだれかれとなくその詩を吹聴した。

そのためでもないだろうが、猶吉は、満州文芸家協会委員を委嘱されることになった。

「おれは孤独が好きで自分から他人に近づきたいとは思わないし、満州に来てからはまだ三篇しか詩を発表してないのに、なぜこんな面倒な立場に祭り上げられちまうんだろう」

と、彼はほんとうに迷惑そうに嘆く。妻の静にもその理由はわからないが、夫が仲間に好感をもたれるのがうれしくて、白い頬を赤く染めてニコニコしている。

昭和十七年、次男裕史(ひろし)が生まれた。猶吉は三十六になった。彼にとっては長女が夭逝、次女が小児麻痺と心痛がつづいたあと、二人の元気な男児が生まれ、すくすく育っていることが何よりの幸せだった。一人娘で小児麻痺の真由子は、弟たちのようにめざましい成長は遂げないが、それでも妻の静が、

「真由子はお父さんが家に帰るまでオシッコしないで我慢するの。見てるだけでもかわいそうなくらい」と、本気で心配するほどのお父さんっ子になった。

猶吉は外で飲んだくれていてもきまった時間になると大急ぎで帰宅する。それは真由子にオシッコをさせるのが目的だといってもよかった。真由子は彼にとって、成長しなくてもいい、生きてそこにいてくれさえすればいいという存在になっている。

あるとき北村謙次郎と飲んでいた猶吉が、家族のことに話が及ぶとポロリと涙を落とした。北村が「君は感傷的だ」とからかうと、猶吉は、「いやそんなことはない」と、むきになって否定した。

4

話は少し遡る。

昭和十六年の早春、日出吉が猶吉に、自宅で一杯飲もうと誘ってきた。アヅマホテルでの再会以来、兄弟はときおり会うようになった。何かというとうるさい説教をする兄が苦手な猶吉だが、むかしから兄に逆らえないところがあって、仕方なく応じてしまう。

いつもは外で会うのだが、今回日出吉は、猶吉を自分の豪華なアパートメントに呼んだ。自宅に弟を呼ぶのは二度目だった。

日出吉は独身暮らしのはずなのに、彼の居間は趣味のいい調度品がセンスよく配され、棚にある色とりどりの洋酒瓶までがまるで調度品の一部のように美しく並べられている。

壁には大小何枚かの絵が掛けられている。日出吉は青年のころから美術の造詣が深く、また所有欲も強く、欲しいと思ったらどんな無理してでも買ってしまう癖があった。

猶吉は所在なさそうに絵を眺めているうちにふと気づいて、

「おや、この前ここへ来たときは確かにあったのに、藤田嗣治の『裸婦』がありませんね。あれは小さい絵のくせにでかい面して、他の大きな絵を圧していた」

「ああ、あれか。あれは甘粕理事長が欲しいと言うので進呈した」

「進呈した？　えらく気前のいいことだ」

大正末期にフランス画壇で成功を収め、パリの寵児となった藤田の絵はすこぶる値が高く簡単には手に入れられないのだが、日出吉は裕福な実家から金を出してもらって買うことができた。その絵が気に入り、はるばる満州まで運んできて毎日眺めていたのだ。

猶吉も藤田の絵は大好きだから、壁面からそれが消えたことがひどく残念だった。

「甘粕なんかに絵がわかるんですかね」と、猶吉は思わず言った。

「さあな」日出吉は首をかしげてかすかな笑みを浮かべ、「本人に、もともと芸術に関心があるのか、それとも文化人であろうと努力しているのかわからないが、絵や音楽や、文学に至るまで、だれもがふしぎがるほど熱心に鑑賞するんだ」

「へえ？　人殺しの印象を少しでも払拭しようとしてるんでしょうか」

叱りつけられると覚悟しながら猶吉が言うと、日出吉はさして咎めもせずに、

「そう言っては身も蓋もないが、あの御仁はいろんな側面があって、よくわからない」

この前会ったとき、兄は、甘粕を尊敬して仕えていると言ったが、今の口調にはいささか、尊敬とばかりは言えない揶揄のようなものが感じられて、猶吉は、おや、と思った。

猶吉が他の絵をつまらなそうに眺めていると、日出吉が猶吉の側に寄ってきて言った。

「藤田嗣治は二、三年前に小磯良平らといっしょに従軍画家として満州へ来たそうだ。女や猫の絵ばかり描く画家で、戦争画など嫌いかと思ったら、北満ではえらく熱心に戦争場面をスケ

ッチしたらしい。彼は、自分が戦う兵士になったつもりで描くんだと言ったそうだ。芸術家の気質はそんなもんかね」

「あの藤田がそんなことを言ったんですか。失望したなあ」

猶吉は率直に言った。そして、

「彼が二、三年前にこちらへ来ていたのなら、おれも同じころ同じ方面に取材に行っていたから会えたかもしれなかったのに。会っていれば、藤田嗣治ともあろう画家がなぜ戦争画を描くのかを問い詰めてやったのに、残念だった」

「相手は六十近い大家だぞ」

「だから余計腹がたつんですよ。その年になってまだ時勢におもねるのか……」

「藤田のことはもういい。まあ、座れよ」

日出吉はいつも弟の話を途中で遮り、最後まで言わせない。彼は猶吉を、暖炉の火が赤々と燃えている側に座らせ、酒をすすめた。それから、改まった口調で切り出した。

「映画『松花江』に詩を書く話を断わったそうじゃないないか」

来たな、と猶吉は思った。用件はそのことではないかと、最初から見当をつけていた。

「映画のナレーションに使う詩を書く機会などめったにあるもんじゃない。おまえが有名になるいいチャンスなのに、断わるとはもったいないじゃないか」

「意に染まない詩を書いて有名になりたくはありませんよ」

「そう恰好をつけるなよ」日出吉は苦笑しながら言った。

映画『松花江』の話は、猶吉が旧友緒方昇から持ち込まれたもので、日出吉が持ち込んだものではない。

猶吉と早稲田時代に親友だった緒方昇とは、長年音信が途絶えていたが、緒方が毎日新聞の満州総局長となって新京へやってきてからつき合いが復活した。

学生時代アナーキストだった緒方は、その後大阪毎日新聞社に入社し、昭和十年には「シナ留学生」として大陸に渡った。それから六年、今や彼は満州総局長となり、若かりしころのアウトロー的な面影はすっかり消え、精力的なバリバリの現実主義者になっている。

その緒方が、映画のナレーションに使う詩を猶吉に作ってほしいと、ある人から頼まれたのでぜひ引き受けてくれと言ってきた。

映画の題名は『松花江』。満州国建国十周年記念の記録映画にするという。

松花江は日本の移民団の多くが入植した佳木斯（ジャムス）、依蘭、方正などの地を流れ、黒竜江に合流する大河である。

猶吉は、もともと満州国建国に疑問をもつ自分が、その宣伝映画などに協力することはできないと、はっきり断わった。まして松花江を題材にする詩など作れるかと怒鳴った。

「君は相変わらずだな」緒方は嘆き、「なんで松花江がだめなんだよ」

「おまえ、忘れたのか。情けねえな」

猶吉はふてくされながら説明した。

満州事変のあと、日本政府は多くの満州開拓団を松花江沿岸に送り込んだ。開拓団が入ったため、それまで住んでいた原住民たちは強制的に追い出され、万里の長城を越えて流浪せざるを得なくなった。土地を奪われ、さまよう彼らはその悲しみを「松花江上」という歌に託して伝えたのがきっかけで、中国各地に広まり多くの民衆に愛唱されるようになった。

わが家は東北　松花江のほとり
そこには森林と鉱山　さらに山野に満ちる大豆と高粱（コーリヤン）がある
わが家は東北　松花江のほとり
そこには　わが同胞　そして年老いた父と母がいる
九・一八　九・一八あの悲惨なときから
九・一八　九・一八あの悲惨なときから
わが故郷を離脱し　無尽の鉱産物の宝を捨てて
流浪　また流浪　関内をさすらいつづけている　流浪
いつの年　いつの月　わたしの愛する故郷へ帰れるのだろうか
いつになったら　あの無尽の鉱産物の宝が取りもどせるのだろうか
父よ母よ　いつになったら楽しく一堂に会せるのだろうか

九・一八は「チューイーパー」という発音で、中国人ならみんな知っている。それは関東軍が柳条湖事件を引き起こし、満州事変・満州侵略をはじめた日である。

「これはそのままおれに、旧谷中村民の運命を思い起こさせるんだ。谷中村民にとって谷中村は松花江の歌と同じで、まさに宝の村だった故郷を追い出された。おれはおまえにそのことを何回も話したはずだ」

大学時代からの親友である緒方は、猶吉がかつての谷中村の鉱毒事件と、それに深い関わりをもった彼の祖父や父の所業にひどく悩み苦しんでいたことをようやく思い出した。

あれ以来二十年近くの時を経てもなお猶吉がそのことを忘れないでいることがわかって、緒方は、

「そうだったな。大事なことをうっかり忘れていてすまなかった。悪かった」と謝った。

「わかってくれればいいんだ。ところでおれに詩を書いてくれと依頼したのはだれなんだ」

「ウーン」

緒方は、髪に両手の指を突っ込んでガリガリ掻き、指の爪の間にたまったフケを息でフッと吹いた。そんなところはむかしのバンカラ学生気質が抜けきっていないようだ。

「言いにくいな」

「今さら何だ。言えよ」

「じゃ言うがね。怒るなよ。それは満映の甘粕正彦理事長だ」

猶吉はのけぞるほど驚いた。あの甘粕正彦がおれなんかになぜ？　不意に兄日出吉の顔が浮かんだ。

「まさかおれの兄が一枚嚙んでるんじゃないだろうな」

「それはない、君の兄さんが甘粕に弟の詩を売り込むなんてありえん」

「兄じゃないなら、どうしてこんな話がおれにきたんだ」

「君は信じないだろうが、甘粕氏はあれでなかなかの文学青年、いや、文学老年らしい。君の『海拉爾（ハイラル）』や『哈爾浜（ハルビン）』という詩を読んで、その高邁、雄渾、浪漫の文語調韻律に感激したと言うんだ。そして『松花江』の冒頭は、この詩人の詩から始めねば映画は作れないと、断固、きめたんだそうだ。監督は森信、撮影は藤巻良二、作詩は逸見猶吉、ナレーターは森繁久彌、音楽は新京音楽院ということまできまっている」

「驚いたな。で、一体だれだ、甘粕におれの詩を見せたのは。兄じゃないとすれば長谷川君か、北村君か？」

「それは知らんが、甘粕氏のことだ。座ったままでも情報は山ほど集まる。どんな作家、詩人がどんな傾向の作品を書くかなんてすぐわかる」

「相変わらず探索と謀略の魔王か。不気味な男だな、甘粕は」

「ああ、不気味だ。満州の表は関東軍が支配し、裏は甘粕が帝王だそうだからな。君のことだって、表面は暗喩で蔽った詩を書いてはいても、じつは反体制、反戦詩を書く不届ききわまりない詩人ということをとっくに調べ上げてるさ」

「そうとわかって、なぜおれに詩を書かせるのだ」

「だからさっき言ったように、君の詩が気に入ったんだから仕方がない。信じろよ」

「信じられるわけがないだろう。あの血も涙もない冷血漢に詩がわかるなんて」

「そこまで言われるとは甘粕も気の毒な男だ。彼がほんとうに感動したことでも、他人には、何かウラがあるんじゃないかと疑われ、信じてもらえないらしい。こんなエピソードもある。昭和十二年に日本軍が南京を陥落させると、軍部は中国人に小旗をもたせ祝賀行進をさせた。それを聞いた甘粕は総務庁の武藤富男に『南京が占領されたことは中国人にとって悲しいことだ。その彼らを引っ張り出して慶賀の行列をさせるとはなんたる非情か』と叱責したそうだ。それが本心かどうか疑う人もいるようだが、少なくともおれは、あの男にだって人情の機微がわかるときもあるのではないかと思う。彼にはエピソードがありすぎて、どれが真の姿かわからんが、彼を極悪非道、人情も芸術も無縁の男ときめてかかるのはどうかな」

カミソリのように切れる甘粕が、「海拉爾（ハイラル）」、「哈爾浜（ハルビン）」の詩に秘められた真意を見抜かず、その芸術性のみに感動するとは、猶吉にはとても信じられなかった。

話はそれで終わったはずである――

「おれが映画の詩を断わったことを兄さんの耳に入れたのはだれです」

ふしぎそうに猶吉が訊ねると、日出吉は、

「そんなことはどうでもいい。それより、甘粕さんのせっかくの厚意をすげなく断わるのはまずい。間に立った緒方君にも悪いだろうが」

「おれは依頼主が甘粕だから断わったわけではありません。『松花江』が問題なのです。兄さんだって、谷中村を思い出せばきっと引っかかるはずです」

日出吉は何かを思い出したように、ふっと黙った。猶吉はせっかちに押しかぶせるように、

「信じられないかもしれませんが、おれの中にはまだ谷中村が住みついているような気がするんです。いつもは忘れているんだけど、世の中の不条理なことに直面すると、すぐ、かつての谷中村と重ね合わせて考えてしまう。いつまでも遠い過去に引きずられるのはうっとうしいけれども、そいつは意外に強い力でおれに絡みついて離れないんです。まあ、これもおれの宿命みたいなものかと思いますがね。兄さんはとっくにそんなものから卒業したんでしょうね？」

日出吉はしばらく遠くを見るような目つきでいたが、やがてぽつりと言った。

「宿命とは古い言い方だ。アイデンティティとでも言うべきだな」

「アイデンティティ？　何です、それは」

外国語はよく知っているが、使い慣れていない言葉だ。戸惑う猶吉に日出吉は、

「むかしおれが新聞記者だったころ、ある人に言われた言葉だ」

「へえ？」

「その人は、おれの筆に宿る熱情は、足尾銅山鉱毒事件の地に生まれたというアイデンティティのなせるわざだと言うんだ。そんなことを言われたとき、おれは厭だったね。記事は実証性と、自分の理性をもって、確たるものを書いてきたという自負があって、おれ自身は決してアイデンティティなんかに支配されていないという思いだった」

「今は、どうなんですか」

「おれのことではなく、おまえの話をしている。おまえのアイデンティティを否定はしないが、それに振り回されすぎてはいかん。そんなものは振り捨てろ、とまでは言わないがそれをあまりむき出しにするのは、おまえ自身を規定してしまうことになり、先に進めなくなる」

「よくわからないな。自己を規定するとはどういうことですか？」

日出吉はそれには答えず、グラスを目の高さまでもっていき、中の酒の色を確かめるような仕草をした。兄はいつも十分に語らない。人にだけ言わせておいて自分は十分な説明をせず、説教にすり替えてしまう、いつものずるい癖だと、猶吉は思った。

日出吉は、グラスの中の酒を揺すりながら結論だけを言った。

「とにかく、その詩は引き受けろ。おれもおまえの文語体の詩が好きだ。甘粕に頼まれたのではなく、兄貴のおれが頼んだと思って書いてくれ」

期せずして、甘粕も日出吉も猶吉の文語体の詩が好きだという。猶吉が詩を文語体で書くようになったのは、この満州のどこまでも果てしない茫々たる曠野に圧倒され、それと対峙するには従来の口語体の表現よりも文語体のほうが融通無碍に詩意をふくらませることができて効果的と考えただけのことだった。それが思わぬところで読み手を惹きつけたらしい。ともかく意外な言葉だ。好きとか嫌いとかの次元でものを言われると猶吉は何も言えなくなり、

「兄さんがおれの詩を好きとはねえ、ちゃんと読んだことがあるんですか」

「もちろんだ。『海拉爾』や『哈爾浜』も読んだ。実にいい」

「詩がわかるんですか」

「馬鹿にするな。おれはおまえの詩を最初に絶賛した評者だったんだぞ」

「？」

「おれが『満州新聞』に入ったばかりで、弟が逸見猶吉という詩人として名を上げていることなどぜんぜん知らなかったころ、おまえがうちの『満州新聞』の文芸欄に投稿してきた詩を読んだ。で、おれは、弟の詩と知らずに激賞した。どうだ。目が高いだろう」

確かに猶吉は『満州新聞』に投稿した覚えはある。そこの常連詩人たちの新鮮味のなさにたまりかねての発作的な投稿だった。あのとき、こちらがこそばゆくなるほどの賞賛の評を書いたのは、兄だったのか。そうとわかって、猶吉の兄に逆らう勢いがそがれてしまった。

帰り道、猶吉は首をかしげながら、ゆっくり歩いた。兄は甘粕に追従するため、めったに口にすることのない褒め言葉まで使っておれをおだて、詩を作らせようとしているのだろうか。

やはりわが身可愛さから甘粕に対して点数を稼ぎたいのだろうか、などと思った。その一方で、お世辞にでも兄が自分の詩を評価してくれたのは悪い気がしなかった。彼がこれまでも少なからぬ人々から受けた言葉には、「逸見猶吉の詩の魅力はその希有な高層気圏的気凜（きりん）にある」とか、「詩の不可思議をまざまざと示す彼の詩は、殆（ほとん）ど類を絶して、彼以前にも以後にも彼の如き声を聞かない」とか最大級の賛辞があった。もっと大げさなのは、「彼の詩はウラニウムのように小さくて強力な放射能をもっているのだ」というものまであった。

猶吉は、自分の詩がそれほどに言われる価値があるとは思えず、褒められると、むしろ居心地の悪さを感じることのほうが多かったが、甘粕や兄日出吉が彼の詩がいいというのがほんとうならば、彼らが詩についての素人（しろうと）であるだけに、素直に受け止めることができた。

猶吉は、しかし、それでも『松花江』を書きたくない気持ちは変わらず、放置しておいた。間もなく緒方からも日出吉からも、早く作れと催促が来た。映画製作を急いでいるのだという。その煩（わずら）わしさに耐えられなくなった猶吉は、開き直り、みんなが寄ってたかってそうまで責め立てるのなら、書いてやろうじゃないか、ただし、どんな詩を書いても、あとになって文句を言うなよ、という居直ったような高飛車な気持ちになった。

それで彼のほうから緒方に連絡をとった。

「例の詩のことだがね。承諾するよ」

「有難い。助かった」緒方は声を弾ませ、

「君も甘粕氏に会ってみれば案外話が合うかもしれんぞ」

「おいおい、会ってみればだって？　何のために？」

「向こうは君に会いたがっているんだよ」

「作詩のほかにおれに何の用がある」

「格別の用はないらしいが、満州一の詩人逸見猶吉とはどんな人物か、ちょっと見たいと言っていた。一度くらい顔を拝ませてやれよ」

「首実検か、厭だね」

「ははあ、臆したな。会えば何をされるかわからないと、恐がっているんだろう」

「馬鹿言え。恐くなんかないが、おれに奴なんかに会う義務などないと言ってるんだ」

「確かにみんな甘粕を恐れている。彼が満映の二代目理事長になってやって来た次の日に、歓迎の言葉が気に食わないと言って重役をクビにしたそうだし、社員の履歴書を総点検して一か所でも偽りがあると即刻クビ。まだある。理事長自らが毎朝ガラス窓から社員の出勤ぶりに目を光らせているそうだ。社員はまるで刃物の上を歩いているような気がするそうだ」

「じつに厭な奴だな」

「まあ、それも甘粕の一面だが、その一方で、彼は侠客の親分みたいなところもあると評する人もいるんだ。たとえば、相手が、彼の大嫌いな左翼であっても、窮地に陥り庇護を求めてきたときは切り捨てずに、かえって庇護する。そうされた人は感激して彼を懐（ふところ）の深い寛容な人物だと評価する。冷めた人だと、彼は頭がいいから危険人物を野に放たず、自分の目の届くところに置いておき将来使えるときに使うためだと言うこともある。どちらがほんとうか、というよりどっちもほんとうとしか言いようがない。君なんかは案外可愛がられるほうかもしれないぜ」

緒方はなんとかして甘粕に会わせようと挑発したが、猶吉は頑として応じなかった。

作詩するにはまず現地、日本移民団の多くが入植した佳木斯、依蘭、方正など松花江沿岸の地を取材せねばならない。その一帯はすでに足を踏み入れたことはあるが、それはあくまで気ままな旅に過ぎなかった。だが今回の目的は旅行ではなく真剣勝負の取材である。

現地に着いてみると、果たして、以前の単なる旅行者の眼には見えなかった惨憺たる開拓地の実情が、微細にわたってはっきりと目の前に立ち現れた。

開拓民は、自分たちが国による被害者だとか、土着民への加害者であるとかの意識をもつ余裕もなく、希望と絶望、そして楽観と悲観のすべてを土くれの中に埋め込んで鋤鍬をふるう。

猶吉は自分が第三者の取材者であることを忘れ、開拓当事者の気持ちそのものになって、夢中で詩を作った。気がつけばそれは五百行に及ぶ長詩になっていた。

猶吉は、日本にいる弟の五郎に映画『松花江』のナレーション用の詩を作るに至ったいきさつを手紙で書き送った。

「驚くなかれ、日出吉兄までがおれに開拓民の詩を書けと言う。作詩を拒否することは簡単だが、それではあまりに弱い抵抗で終わってしまう。それは癪だから、あえて書いてやるつもりだ。妥協はしない。おれは、国のためという美名のもとに満州北辺に送り込まれた満蒙開拓農民たちがいかに過酷な犠牲を強いられているか、その実態をこれでもかと抉り出して、国の悪辣さを告発する詩を書くんだ。そんなことをすると、ただじゃすまないだろうって？　心配するな。そこは心得ている……」

その手紙を読んだ五郎は、猶吉が得意の喩法で詩を蔽って真意を見せないつもりでいるようだが、いくら小手先の工夫をしても、甘粕のように勘の鋭いものは簡単に見破るのではないかと心配になった。猶吉兄だってまさか口で言うほど激越な書き方はしないだろうと思う一方で、いや、あの一徹な彼のことだから案外本気で言ってはならないことを書くかもしれない。などと心配するといたたまれなくなって、

「兄さんの信念はいいが、甘粕の側近の日出吉兄の立場も考えて、決して危険な賭けをしないように」と、生まれて初めて猶吉兄に意見する返事を出した。

日出吉は緒方から猶吉が作詩を承知したことは報告されていた。

しかし、どんな詩ができたのか知らなかった。ぜひ読みたいものだが、猶吉がわざわざそれを見せにくるはずもないし、こちらから弟を訪ねることもできなかった。

そもそも甘粕は、はじめから『松花江』の話を実兄である日出吉を通さず、第三者の緒方昇を介して猶吉に作詩を依頼した。同じ社にいながらそれはひどく不自然なことではあるが、甘粕という人物にはふだんからそういう理解不可能なところがあるのだ。

しばらくすると日出吉は、弟が書いた詩が甘粕の気に入らなかったのではないかと思った。それどころか甘粕を激怒させる詩だったかもしれないと思うとこんなことなら弟に詩を書けなどと言わなければよかったと後悔した。甘粕の不興を買えばどうなるか、その結果を考えると、さすがの日出吉でも動揺は隠せなかった。

しかし甘粕は日出吉に会っても何事もなかったように知らん顔をしていた。端正な顔をニコリともさせず、眼鏡を光らせていつも通りテキパキと事務を処理する様子に怒りは見えず、日出吉はとりあえずホッとした。しかし、日出吉がその件を忘れかけたある日、理事長の甘粕に書類の決裁印をもらいにいったとき、甘粕は突然、

「逸見猶吉くんが素晴らしい詩を書いてくれましたよ」と言った。

「や、それは……」その言葉のあとに何が続くかと縮こまる日出吉に、果たして甘粕は、次なる鋭い一太刀を浴びせた。

「開拓民を、あのように見る見方があることを、彼は私に教えてくれました」

最悪の想像が当たった。猶吉はやり過ぎたらしい。この報復はどのような形で、どの範囲にまで及ぶのか。日出吉は身震いし、首を洗って沙汰を待つ心境だった。

だが甘粕はそれ以上このことに触れず、兄にも弟にも何の制裁もしなかった。

日出吉はつくづく甘粕を不可解な人物だと思わないわけにはいかなかった。

これまで彼が日出吉に示してくれた数々の厚意は紛れもない事実であって、日出吉は彼に大

いに感謝している。

満州新聞社長になった当初の日出吉は地位だけは高いが、報酬はさほどではなかった。その上、私生活での濫費が祟って借金を抱え困っていた。そんなとき甘粕が彼を満映の理事に迎え、一年後には平の理事から常任理事に引き上げてくれたので大いに助かった。

満州において甘粕に庇護されることは、経済的な面だけでなく生活全般にわたって盤石の保障を得たと同然である。感謝する日出吉が心からの忠誠心をもって彼に仕えているのは弟逸見猶吉に伝えた通りである。

甘粕がそこまで日出吉に好意的なのはなぜか。もちろんそれは日出吉の背後に満州重工業開発社長鮎川義介や満鉄総裁松岡洋右らがついているからだが、それだけではないことも日出吉はわかっている。

甘粕は、日出吉が数年前日本にいたころに書いた著書『二・二六以後』をよほど気に入ったらしいのだ。「あれはじつにいい本です」と、甘粕は二度も褒めた。

その著書の中で日出吉は、二・二六事件の主謀将校らと、彼らに資金援助したと言われる財閥石原廣一郎の双方へのひそかなシンパシーを披瀝した。もちろん日出吉は主謀将校らの暴走を是認するわけではない。だが、過去の五・一五事件の叛乱将校らに比べ、二・二六事件の叛乱将校らが、その処罰において格段の差別を受けていることに同情したのである。その蹶起は、純粋な憂国の志によるものとはいえ、双方とも暴力的手段をとったのは間違っていた。ならば、処分も同じに厳正に行われるべきではないか。だが五・一五事件の場合は、まるで志士的尊敬とも思える世論を喚起し、その結果、比較的に穏便な処罰に落ち着いた。それに比べて、二・二六事件の叛乱将校らは、だれからもかばわれることなく、ただの犯罪者でしかない扱いで、非公開、弁護人なし、上告なしの特設軍法会議にかけられ、わずか四か月ほどで処刑されるという不公平さ。心ある人びとにはそれはじつに許し難い差別だと思っても、時節柄、だれもそんなことを言わない中で、勇敢にもそれを指摘した和田日出吉を甘粕は高く評価したのだ。そして、日出吉を自分と同じくらいに熱烈強固な国体護持思想の持ち主だと思い込んだようだ。

しかしそれはどうやら甘粕の過大評価だったのだ。二人は二・二六事件の見解ではたまたま一致しただけで、その他の国策では一致しないことのほうが多い。たとえば国体護持の考え方だ。日出吉にしても国体は護持せねばならないものとは思っているが、そのために国民に暴力まがいの政治的弾圧をして従わせようとする考えには与しない。『二・二六以後』の中でも、国民に政治参加の自由があることをはっきり述べている。一方の甘粕は、まず国体ありき。それがあってこそ国民が存在しうるのだから、そのことで国民がとやかく議論する必要はない、極論すれば国体に関わる言論の自由など認めなくてもいいとさえ、公然と言うのだ。

新聞人である日出吉がそんな暴論を容認できるわけがないのである。また、甘粕が、「この広大な満州を日本の一大戦力に育てあげねばならない。それに対する妨害者は、私心なく、断固排除あるのみ」と語ったのを裏返せば、どんな殺人も戦争も辞さないということだ。

政府や軍首脳部でさえ満州戦線不拡大の方針だったことを無視して、満州東北部にまで進出しようとした石原莞爾や板垣征四郎が柳条湖事件を引き起こした際にも、陰で甘粕が提案した謀略が役立ったとも言われる。

さらに、甘粕が何かというと強調する、〝私利私欲のなさ〟というのにも疑問がある。戦争を起こし、多くの人々を殺傷し、離別させ、飢餓に追い込むことは、国家的私利私欲ではないのか。甘粕のそんなところに日出吉の拒否感があるのだ。

さりとて、甘粕の力は絶対だ。しかも自分を拾ってくれた人物だから刃向かうことなどできるわけがない。彼が甘粕に密着していることで、一本気で純粋な弟逸見猶吉の顰蹙（ひんしゅく）を買っているのは百も承知の上だが、日出吉にはどうしようもない。彼にできるのは、思想の上では甘粕に一定の距離をおきつつ、勤務の上では誠実、有能な実務屋として忠勤に励むことだけだった。

鋭敏な甘粕は、日出吉が、最初に惚れ込んだほどの熱い国粋主義者でないことが次第にわかってきたらしく、彼を側近中の側近として重用することはなくなり、ときには日出吉を無視したり、冷たく当たることさえある。だが、そのほうが日出吉には都合がよかった。

5

日出吉も日本にいる五郎も、結局、猶吉の詩を目にすることはできなかった。『松花江』の制作が中止になったからだ。監督となるはずの森信が召集されたせいだという。

だが日出吉は首をかしげた。甘粕があの映画をほんとうに作りたいと思うなら、出征した森に代わる監督はいくらでもいるし、カメラマンも大勢いる。ナレーションの詩が気に入らないなら別の詩人に書かせればすむことだ。それをせず、いきなり中止にしたということは、甘粕は逸見猶吉の詩に手ひどく傷つけられたあまり、癇癪（かんしゃく）をおこして開拓民映画を一切ご破算にしたくなったのではないだろうか。

甘粕は、緻密で鋭利なナイフのような頭脳をもつ一面、ときどき子どものように自制のきかなさを見せることがある。部下が彼の思い通りにならないとテーブルをひっくり返したり、書類を引き千切ったりすることはざらにあるし、会食のとき側近たちが談笑しながらつついている鍋の中にいきなり灰皿を投げ込んだりして、酒乱のような振る舞いをすることすらある。

逸見猶吉の『松花江』の詩も甘粕をやけっぱちにさせる要素があったのかもしれない。

とすれば、日出吉はふと思う。弟逸見猶吉は絶対王者の甘粕正彦に詩をもって単独で立ち向かい、結果的に甘粕を退けた、めったにいない勝者ということになるのではないか。思っただけでも冷や汗の出るような恐怖の勝負ではあったが、今になってみればどこか痛快でもある。

猶吉の長詩は行方不明になった。あんなものは焼いて捨てたと猶吉は周囲に言ったが、ほんとうにそうか。後年、菊地康雄は血眼になってそれを探すことになる。

『映画旬報』（昭和十七年）に予告ポスターだけが残されていた。戦後日本に帰国した緒方昇がそれを見つけ、栃木新聞に提供した。

建国十周年のよき年　満洲国が躍進の姿を　親邦日本に伝へる　現地報告映画来（きた）る！
満洲の文化を、産業を、交通を知らんとするものはこの一篇を見逃すことは出来ない
蜿蜒（えんえん）二千キロの大河「松花江」が醸す大自然の息吹と豊かな季節の表情！

それから間もない昭和十八年一月、関東軍報道隊が編成され、極寒の北満国境地帯で報道演習が行われた。これは対ソ作戦を見越した演習ではあるが、兵士向けではなく満州の新聞社、放送局、在満の文芸家、画家などが対象とされたのは、日々国民への宣伝活動を担う文化人にも戦闘地域での緊張感と使命感を植えつけようとねらったものだった。

猶吉はその報道隊員の一人にされた。すでに満州文芸家協会の大物委員になっている彼は拒否できなかった。北満での演習は彼にとっては過酷で、報道部士官の講演中に卒倒したという噂もあった。演習後、彼は「黒竜江のほとりにて」を書いた。

黒竜江のほとりにて

アムールは凍てり

寂としていまは声なき暗緑の底なり／とほくオノン・インゴダの源流はしらず
なにものか厲(は)げしさのきはみに澱(よど)み／止(や)むに止まれぬ感情の牢として黙(も)だせるなり
まこと止むに止まれぬ切なさは／一望の山河いつさいに蔵せり
この日凜冽(りんれつ)冬のさなか／ひかり微塵となり／風沈み
滲みとほる天の青さのみわが全身に打ちかゝる
ああ指呼の間の彼(か)の枯れたる屋根屋根に／なんぞわがいただける雲のゆかざる
歴史の絶えざる転移のまゝに／愴然と大河のいとなみは過ぎ来たり
アムールはいま足下に凍てつけり
大いなる／さらに大いなる解氷の時は来たれ
我が韃靼(だったん)の海に春近からん

どこを見ても一か所として不穏な部分はない。「止むに止まれぬ」と繰り返している意味は何か。ふつうに読めば、日本軍は争いたくないが、やむを得ず立ちあがって、日ソ間の緊張を解かし、春を招こうとしている、という意味にとれ、軍上層部が喜びそうな言葉だ。

映画『松花江』の件以来、逸見猶吉の詩には油断できない思いでいる日出吉はこれを読んで、一応ホッと安堵し、一人、呟いた。

「四郎よ。これでいい。このゆるやかさで主張を貫け」

ところがわずか二か月後の昭和十八年三月、異変が起きたのである。
新京放送局の依頼で、満州建国記念日に、猶吉は四人の詩人とともに自作の詩を読むことになった。その日、他の四人は早くから放送局に来て放送テストを済ませたのに、猶吉だけが来ない。遅刻癖がある彼とはいえ、分刻みで進行する放送局の予定を守らないとは変だ。みんなが気を揉んでいると、放送予定時間より二十分もたってからほろ酔い加減でやってきた。そしてマイクの前の椅子に馬乗りにどっかり座り、「歴史」という詩をおごそかに読みはじめた。

大東亜戦下、再び建国の佳節にあひて
佳(よ)き日なり
この日、心あかるく
あくまで潔く、つよく
我等、民族の誓ひに結ばれしもの
昂然と胸をはり／新たなる決意を告げん
佳き日なり
まことに善き日なり

我等、力を恃（たの）まず
深く力の根源に遡り
かくあらん民族の、伝統の狂ひなきものに、君や我
無尽に傾倒して止まざるものを感ず
みなぎりて、あふれ滾（みなぎ）りて／止むに止まれざる／感情に激す
さもあらばあれ／柳条溝夢の如く
盧溝橋畔、昨日のごとし
畏（かしこ）し、昭和十六年十二月八日／さらに大いなる歴史の日なるを
建国の日なほ浅けれど　早や十年（ととせ）
民族の血につながれて、いよゝ永遠なるものを感ず

暗喩などどこにもない、だれにもよくわかる明快な長詩だが、その場にいた猶吉を知る友人たちは呆然とした。単刀直入の満州国礼賛詩である。むろん他の四人の詩もすべて満州国万歳だったが、猶吉のそれほど露骨ではなかった。彼の詩は延々とつづく。

風土はげしきを、／思ひ患ふなかれ／これ自然の理（ことはり）にして／自然は従へば足る／春に黄塵万丈もよく／柳絮（りうじよ）空に舞ふはさらによきかな／冬は凍（こ）ごれる道をゆき／静かにおのれの立

つところに起たん／千年の樹海、日に暗ければ／アルカリの土壌、また天日の下に悠々たり／大興安の嶺を背にして／曠茫つきるなき原野はみどり／我等、この本然の姿に謝すべし／すべてこれ　国土の糧／我等が夢なり／北はアルグンより、韃靼の海にそゝぎて果てず／南は渤海の岸、遼河のほとり／新生中華の脾腹を縦断して、マライ、大スンダ列島に至る／大日本帝国二千六百年／万古の古より東なり／ああ深甚にして　厖大なる地理は嘉すべきかな／／佳き日なり／この日天高く、蘭の如く芳ひ／青さあくまで深く、心かなしきまで浸透せり／大東亜戦下、けふ再び建国のよき日にあひ／我等、人類の歴史ありてより、かゝる民族必死の戦ひを知らず／戦はんかな、戦はんかな／断じて、米英を許さじ／断じて許さざる決意を固めん

そのころ日本にいる著名な詩人たちもさかんに戦争鼓吹の詩を作っていた。高村光太郎、三好達治、大木淳夫、歌人の斎藤茂吉らもそうだった。そんな風潮に慣れてしまって、だれもふしぎとは思わなかったが、猶吉の詩だけは、彼をよく知る者には信じ難いものがあった。猶吉を慕っていた坂井艶司ですらも後に『歴程　逸見猶吉追悼号』に載せた回想文の中でこう記している。

私はその詩をラジオで聞いた時、意外な感じをもち、その感想を猶吉に率直に述べた。

すると猶吉は、苦渋の表情で、「やむをえないのだ」と言った。そして「おれは放送局に行くのをやめようかと考え、冷酒を煽(あお)っていたが、思い直して放送局へ車を走らせた」と付け加えた。

猶吉は、時節柄反戦などの生の言葉を直接口にすることはなかったが、周囲のものは、戦争に対して斜に構えた猶吉の態度をはっきり感じていたのである。だから「戦はんかな」を繰り返すその男が逸見猶吉ということがどうしても信じられなかったのだ。

彼ら以上に、兄の日出吉はこのラジオ放送を聞いて呆然とした。主張をむき出しにせずしなやかに現実と和して詩を作れと、これまで弟を諭してきた。日出吉自身、世間並みの愛国の気持ちはもっているが、そのために戦争し殺し合うのは厭なのだ。猶吉は信じないかもしれないが、そこだけは兄弟が共感できる一点だと思ってきた。それなのに、弟は急に「戦はんかな」と叫びだしたのだ。

兄弟は記録映画『松花江』のことで話し合って以来二年ほど会っていない。その間に何があったのだと猶吉に問いたかった。『松花江』で示した気骨はどうしたのだ。何の擬態なのか。なぜ、これまでのように得意のメタファーで詩を蔽わないのか。

どんな理由をもってしても日出吉には嫌悪しないでいられない詩だった。彼は我慢がならず、猶吉の職場に電話したが、何度電話してもつながらなかった。

猶吉は、放送詩「歴史」にとどまらず、二か月後には山本五十六の死を追悼する「大いなるかばね」を書き、また、昭和十九年二月にはマーシャル群島のクェゼリン、ルオット両島の守備隊全員玉砕の報道を聞いて「悼詩」を書き、同年十二月には関東軍機関誌『満州良男（ますらお）』に「庭に題す」を載せている。日出吉は混乱するばかりだった。ところで日出吉があとで知ったことだが、このころ猶吉の三男雄示（ゆうじ）が生まれている。

戦況は深刻度を増し、七月にはサイパン島守備軍が全滅、八月にグアム島、テニアン島守備軍が全滅、十月にフィリピンのレイテ島沖の海戦で日本は主力艦隊を失う。米軍はレイテ島、フィリピン本土に上陸、十一月にはＢ29による東京爆撃がはじまる。だれの目にも日本の敗北濃厚となった。

昭和二十年四月、関東軍はいち早くひそかに軍用列車を仕立てて、自身の妻子を安全地帯に避難させていた。この年満州に居住していた日本人の数は約百五十五万（うち十七万六千人死亡）。取り残されたものは軍のそのやり方に悲憤慷慨したが後の祭りだった。

逸見猶吉一家も取り残された。猶吉は結核に罹（かか）っており、体力の衰えが激しかった。そこに飢えが襲った。

昭和二十年八月九日、日ソ中立条約はまだ有効だったのに、ソ連は米英と合意して日本に宣戦布告。ただちに満州へなだれ込んできた。

満映理事長甘粕正彦はソ連兵が来る前に死ぬ覚悟を漏らした。側近たちはそうさせまいと厳重な監視をした。日出吉もその一員だった。

甘粕は、自殺する前日の夕方、日出吉を散歩に誘った。どんなことを相談されるのかと日出吉は緊張したが、甘粕は落ちていく夕陽を見て、「美しい夕陽ですね」と語りかけただけだった。これが甘粕が日出吉と交わした最後の言葉となった。

甘粕正彦は、八月二十日、部下らの目を盗んで隠し持っていた青酸カリをあおって自殺した。満映はソ連兵に接収された。生活必需品配給会社も解体された。

昭和二十一年の春、猶吉の結核は飢餓によって急激に悪化し、見る影もないほど衰弱した。その状態を見るに見かねた長谷川濬が、身を隠している和田日出吉を探し出し、猶吉の病状を告げた。知らせを受けた日出吉は手を回して弟を新京の難民病院に入れた。

日出吉が弟の耳に口を当てて、「がんばれ。死ぬなよ」と言うと、猶吉はうなずき、目を閉じて、鉱毒事件、と呟いた。まだそんな古いことを気にしているのかと思うと哀れでならない日出吉が、「そんなことはもうどうでもいい、忘れろ」と叱りつけるように言うと、猶吉は少し頭を動かして今度は「詩が、詩が……」と呟く。「何の詩だ」と聞くと、乾ききった口の中で、もつれる舌を必死に動かし、飛行機とか飛行場のように聞こえる音を発した。

側にいた猶吉の妻の静が夫に代わって説明してくれた。

「詩と言うのは『難民詩集』のことだと思います。起き上がれなくなってからは、わたしが口述筆記した部分もありました。これを完成しなくては死ねないと言うんです」

「忙しいあなたが口述筆記を？」

日出吉は、静を子どもの世話にかかりっきりの、ただ温順なだけの主婦と思っていたのに、夫の秘書役までこなしていたのかと驚いた。

「『難民詩集』とはどういうものなんですか」

「敗戦国民として大陸で難民になったわたしども日本人の運命を書くつもりですって」

と、明晰な口調で答えた。ただ飛行場の意味は静にもわからないらしく、

「二月ほど前まではまだ歩けたので、散歩だとか言って大儀そうな足取りで飛行場近くまで四キロも歩いて行くことはありました。どうしてそんな遠くまで行くの、と聞くと、こわい顔をして、余計なことだと言うので聞くのをやめました。終戦になる間際に、飛行機に乗せてもらえるチャンスがあったのに、だめになったのが残念でならず、未練がましくうろついていたのかもしれません」

そのことと、『難民詩集』がどう結びつくのか、日出吉には見当もつかなかった。

病院はすでに重病人で溢れ、病院ではなく単なる収容施設だったから、療養するにはひどすぎて、猶吉は「家に帰りたい」と言い、すぐ退院した。

三日後の、昭和二十一年七月二十五日、逸見猶吉は新京特別市映画街七〇五号生必永寿街社宅の自宅において、枯れ木が倒れるように死んだ。

満映理事の和田日出吉は反ソ政治犯としてソ連軍に追及され、第五、第七、第三、第二憲兵

隊の順序で都合四回逮捕された。甘粕亡きあと、彼は満映の財産や機材管理の責任者となっていたため、そのことについての取り調べも厳しかった。

国体思想のプロパガンダ映画を数多く作った映画人や甘粕の股肱（ここう）と言われた人の中には、理事でなくても、取り調べもそこそこにシベリア送りが決定した人もあった。

日出吉は自分もそうなるに違いないと覚悟していた。逮捕・釈放が繰り返されるごとに恐怖と安堵を繰り返した。

いよいよシベリア行きとなったら、信頼できる部下に家族を託すべく、ひそかに手配もした。彼は自分がそんな瀬戸際に立っていることを妻や姑（しゅうとめ）に打ち明けていなかった。そんなとき、猶吉の妻静が長谷川濬に導かれて日出吉の家にやってきて、自分たちも和田家の家族といっしょに日本へ連れ帰ってほしいと言う。それどころではない日出吉は理由も言わずに断わった。

最終的に彼はシベリア送りを免れ、妻子とともに帰国することができた。もしかしたら甘粕との距離が、他の側近ほど近くなかったのが幸いしたのかもしれない。

甘粕は日出吉に対して、他の理事たちにしたような、満映の後事を頼むことなど何もせず、最後の会話は、「夕陽が美しい」ということだけだったから。

日出吉は、静と次女が帰国船を待つ待機所で亡くなり、三人の男の子たちが孤児になって日本に帰ったことなど夢にも知らなかった。

第三章　和田日出吉

1

自室で一人だけの夕食をとったあと、登喜は娘夫婦に相談することがあって、彼らがくつろいでいる居間に行った。葉巻の匂いが強く匂っている。テーブルの上にはウィスキーの瓶とグラス、それとつま子が持ち込んだらしい映画の台本が開かれている。

昭和二十二（一九四七）年の現在、まだほとんどの物資は不足しているが、ウィスキーも葉巻も金さえ出せば闇市でいくらでも買える。外出を嫌い、家に籠もりがちな和田日出吉も、毎日欠かせないウィスキーや葉巻などを買うときだけは、いそいそと自分で買いに出る。

金は、家計を担当している義母の登喜が気を利かせて、彼のタンスの小引き出しにさりげなく入れておくのを、彼は当然のように取り出していく。

夕方から夜にかけての時間帯は、この家の女主人であるつま子が一日の撮影所の仕事を終えてようやく帰宅し、夫の日出吉と水入らずで食事をしたり、映画の話をしたりする貴重なひとときだから、母の登喜はなるべくお邪魔虫にならないよう遠ざかることにしている。だが、ときには孫の篝一郎（こういちろう）の躾けのことや、家事の急ぎの相談をする必要もあって、無粋と思いつつも彼らのいるテーブルの席に割り込まねばならないこともある。

つま子自身はほとんど酒を飲まないけれど、夫の側にいて彼が葉巻を吸ったり、陶然とウィスキーを飲んでいる様子を眺めるのがなにより幸せなことのようで、絶えずにこやかな微笑を浮かべながら、団扇（うちわ）でやわらかい風を彼に送っている。

白地に大きな朝顔の柄の浴衣を着、その着物の上からも豊満さがはっきりわかる胸元を少し広げ、ほんのりと薄化粧をしている彼女は、母の登喜の目にさえ艶（なま）めかしく映る。

日出吉はいつもつま子に、女優と家庭人の切り替えをはっきりつけるよう求める。

まず第一に、帰宅時刻。どういう理由があろうと、撮影所から帰るのが遅くなってはいけない。仕事上やむを得ず帰宅が遅くなっただけでも彼はおかんむりで、「だから君の映画復帰を認めたくなかったのだ」とくる。そのためつま子はいつも帰宅時間を気にして、「パパが待っているから早く帰らないと」と撮影スタッフをせかし、そのため、「帰りたがる女優」というあだ名がついたくらいである。

第二に、家に帰ったらただちに自分を女優から主婦に切り替えること。たとえば、つま子が撮影所から帰ったばかりの派手な衣装と濃い化粧のままで四歳になる一人息子の篝一郎を抱くのは、教育上非常にまずいことだと言う。まず、化粧を落とし、普段着に着替え、さっぱりと清潔なふつうの母親の姿に戻ってから、抱くなり頬ずりしなさいと、彼はきびしく指示する。

そのくせ、妻がまったくのスッピンで夫と食事をしたり雑談したりするのを嫌う。たとえ夫婦でも慣れすぎて素顔のままでいるのは見苦しいから、最小限のたしなみが必要であり、それが夫に対する敬意だと言いたいらしい。登喜は、それは男の勝手な言い分だと思うが、当のつま子は少しも反発しないで、夫に言われた通り、帰宅後すぐに洗顔し着替えをしてから、篝一郎を抱きしめ、さらにその後で、夫のためにもう一度薄化粧を施すのである。妻の映画界復帰を許可した夫の条件だったことを、彼女は忠実に守っているのだ。

つま子はスッピンでも美しい。生来の美貌は、昨年の満州からの引き揚げという筆舌に尽くせぬ苦労を経ても、いや、だからこそかもしれないが、いっそう深みを増し、女優として再出発した二十九歳の今、溢れるような女盛りの輝きを放っている。

「あら、おばあちゃま、何かご用？」

つま子がふしぎそうに訊ねた。登喜が夕食後、娘夫婦がくつろいでいるところへ割り込んでくるなどということはめずらしいからである。

娘からはおばあちゃまと言われるけれど、登喜はまだ五十歳になったばかりで、娘婿の日出吉のわずか二歳年上でしかない。肌がなめらかで張りのある細面の顔は年よりも若々しく見える。登喜は夫妻に遠慮っぽく言った。

「せっかくおくつろぎのところ悪いけど、庭木のことなのよ」

「庭の木がどうかしたの」

「どの木も伸び放題でむさくるしくて。植木屋さんを呼びたいんだけど、構わない？　大家さんに伺いをたてたら、どうぞお好きなようにしてください、と言ってくれたけど」

終戦から二年、世間にはまだ住宅難に喘ぐ人々が多いというのに、焼け残った立派な一軒家を借り、植木屋を呼んで庭の手入れをさせるなどは、女優の家ならではのこれみよがしの贅沢として近隣の顰蹙を買うのではないか。それを登喜は気にして娘夫婦に相談するのだ。

「なあんだ、そんなこと？」

つま子はいつもの通りあっけらかんと、

「いいんじゃないの。そう言えば、どの木もやたらと繁ってるわね。夏になったら庭が急にうっとうしくなった。植木だって散髪してあげなくちゃね……」

と言いかけて、急に気づいたように夫に顔を向けて、

「ねえ、パパ、いいかしら」

つま子は一家の主人としての日出吉の立場を立てて、庭木のことでも夫の意見を第一に聞くのである。彼は面倒くさそうに軽くうなずいたきりで、ウィスキーを飲みつづけた。

日出吉は、現在公職追放の身であることを理由に、私的な仕事にさえもつこうとせず、一日中自室に籠もって読書をしたり、昼間から酒を飲んだりしている。むろん家計は妻の収入で成り立っているし、もろもろの家の仕切りは一切義母の登喜に任せっ放しの、気楽な身分である。登喜はなにも好き好んで和田家の家政をやっているのではない。一家の主人である日出吉が何もしないから代わりに仕方なくやっているのだ。

娘のつま子は、映画女優木暮実千代として昭和十三年に二十歳でデビューしたが、昭和十九年には女優業をやめ、当時満州新聞社長だった恋人、和田日出吉の許（もと）へ走った。それから足掛け三年間の在満時代を経て、昭和二十一年秋に帰国してすぐに映画界に復帰したのである。

戦争によってあらゆる楽しみや解放感を奪われていた一般市民にとって、映画を観ることは何より手っ取り早い娯楽であり贅沢である。しかも戦時中に見せられた、うんざりするような戦争宣伝映画ではなく、人間を人間として自由に描いた映画をだれに気兼ねもせずに、泣いたり笑ったりしながら観ることの幸せを国民のみんなが求めている。

戦後、敏感にそのことを見抜いた映画会社は、一般市民を喜ばせ、元気づけるような映画作りをただちに再開した。

昭和十九年に夫を追って渡満したときつま子は女優をやめたつもりでいたのだが、帰国したとたん、旧知の映画監督から出演依頼がきた。つま子と母の登喜は喜んでその話に乗った。だが思わぬ横槍が入った。夫の日出吉が妻の映画復帰に反対したのである。

理由は大したことでない。帰国したばかりで家族全員がまだ気持ちの整理がついていないとか、つま子がもう二十八歳にもなり、女優としてはトウが立っている、などという、特に理由にもならないことばかりだった。

はじめてつま子と出会ったころの日出吉は、妻を一流の女優に育てるべく、いろいろ教育しようと張り切った。だが、今はもう、そんなことを忘れたように、妻が女優に返り咲くことより家庭人であることを求める。

登喜は、日出吉が妻の映画復帰に反対するのは、自分一人のものになったつま子を再び衆目に晒したくないという、男特有の独占欲からだろうか、あるいは世間がつま子ばかりを注目して夫の自分の存在を軽視するのが耐えられないのだろうか、などと思う。だとしても今は日出吉のそんな気持ちに寄り添っている余裕は家族にはない。

主人が働かないのだから一家の金銭的窮乏はどん底、そこから脱するには、つま子が女優で収入を得るしかないのだった。

そこでつま子と登喜がねばり強く日出吉に懇願して、やっと彼の了承をとりつけ、映画復帰の運びとなったのである。

復帰後の第一作『許された一夜』は好評だった。つま子の演技のカンは少しも鈍っていなかった。次から次へと仕事が舞い込んだ。それにつれて収入が増え、家政も複雑になった。

日出吉は妻の稼いだ金の管理などは絶対やらないと宣言し、つま子も日常的な細かいことに配慮したりするのが大嫌いだから、経済的なことから自分の身の回りの始末に至るまですべて母任せにしてきた。ひどく世話の焼ける娘だけれども、もともと登喜は苦にしていなかった。

だが、つま子が結婚してからは事情が違う。母娘の間には日出吉が存在するようになった。いくら娘が、おばあちゃまがこの家にいてくれるからわたしは安心して女優をつづけられるのよ、と言ってくれても、婿の日出吉は、妻の母が大きな顔をして自分たちと同居し、あまつさえ一家の財布も握っているのを内心不快に思っているのではないか、と、考えることもある。だから何事につけても婿を立て、自分は出しゃばらないように努めているつもりだ。植木屋を入れることにさえ娘夫婦の了解をとるのはそういうわけである。

「パパも賛成だって。どうぞおばあちゃまの都合のいいときに植木屋さんを入れて」

と、つま子は言った。これで話が終わったはずである。

だが、登喜はすぐに席を立とうとしないでぐずぐずしていた。じつはもう一つの用件が残っている。植木屋のことは口実に過ぎず、登喜がほんとうに話したいのは別のことだった。しかもこれはつま子にではなく、日出吉にじかに相談すべきことなのである。

いつもと違い、今夜に限って何となく煮え切らない登喜の様子に、つま子は、おばあちゃま、まだ、何かあるの？　と、問いたげな視線を母に向けた。

それを感じた登喜は少し逡巡したあと、思い切って日出吉に話しかけた。

「あのう、日出吉さん。おととい訪ねていらしたお二人のお話ですけどね……」

そのとたん、日出吉は露骨に厭そうな表情を浮かべ、

「おかあさん、そのことならどうぞご心配なく、と言ったでしょう。忘れてください」

「でも……」

なおも話そうとする登喜に全部を言わせず、彼は眉間に皺を寄せ、ピシャリと遮った。

「これはわたしの身内の問題です。おかあさんに心配していただくことではありません」

言葉だけでなく、彼の細く鋭い目にも怒りの色が浮かんでいる。

わたしの身内の問題？　なんて水臭い言い方をするのだろう。登喜の気持ちが波だつ。義理の仲とはいえ、仮にも親子の間柄である以上、日出吉の身内なら家族の身内でもあるわけなのに、他人は口を出すな、とでも言うような口調には棘(とげ)を感じる。

登喜はいつも婿のこの口調や鋭い目に威圧され、物が言えなくなってしまうのだ。

母と夫の緊迫したやりとりから、ふだんは鈍感なくらいのんきなつま子も、さすがに異様なものを感じたらしく、美しい眉をひそめながら二人の話に割り込んだ。

「わたしの留守の間に何かあったの？」

すると日出吉は、妻に対しても冷たく突き放すように言った。

「何でもない。君は気にしなくていい」

そして、その話はもうするな、とばかり、さっき妻から渡された映画の台本をもう一度取り上げてパラパラとめくり、ろくに読みもしないで、それを乱暴にテーブルの上に放り出した。

「だめだ、この本は。こんな娼婦役は君には似合わない。この話は断わりなさい」

と、言い、飲みかけのウィスキーをぐいとあおった。

つま子は、ほんとうはその役をやりたかったようだが、夫にあっさり反対されて、残念そうにうつむいた。が、すぐに笑顔に戻り、

「そうお。パパがそうおっしゃるなら、やめますわ」

と、素直に言い、あとは何事もなかったように再び静かに団扇で夫に風を送った。

日出吉は、妻が出る映画の脚本から配役に至るまで口を出す。彼が「この脚本はだめだ」とか「娼婦役はだめ、妖婦役もいけない」などと言えば、つま子は逆らわず、「はい」と従う。彼が「いいだろう」とか、「君の思う通りにしなさい」と言ってくれたら、つま子は喜ぶ。とにかく日出吉が承知しないと、つま子は映画出演ができないのである。

「どうしてもパパがOKを出さないのよ」とつま子に言われると、映画監督といえども引き下がらざるを得ない。陰で「何で亭主がそこまで出しゃばるんだ」と腹を立てるのだが、どうしても彼女に出演してほしい監督は、日出吉の意見を無視することができず、さまざまな手を用いて彼の許可を得ようとする。いっそ別の女優を使えばよさそうなものだが、監督がそうしないのは、他者をもって代えられないほど、つま子の存在が貴重だからである。

つま子はいわゆる日本人好みの、上品だが平凡でつまらない、人形のような女優のタイプではない。役柄としては助演が多いが、妖艶な容貌と豊満な肢体を活かして主演者と対等に生き

生きと演ずる貴重な女優である。つま子のような独特な蠱惑性をもつ助演者がいてこそ、純情可憐な主役が引き立てられ、映画全体に緊張感と厚みが出るのだ。

彼女はそういう自分の価値を自覚していて、いささか得意でもあるけれど、夫を差し置いて勝手に役を引き受けるようなことは絶対しない。

つま子がもともと従順で素直な娘だったのなら、結婚して万事夫に従うのも自然な姿として理解できるのだが、彼女は子どものころから娘時代に至るまで人の意見には耳を貸さず、だれが何と言っても自分がやりたいことを通すやんちゃな娘だった。それなのに結婚してからのつま子は一体どうなってしまったのだろう。何から何までパパ次第、主体性も何もあったものではない。

あまりの変わりように、登喜は、無鉄砲だが潑剌と自我を通した、かつてのつま子が懐かしくて、結婚したからってもっと自分の考えを主張したらどうなの、と言いたいくらいだ。だが、夫唱婦随の円満な夫婦仲を裂くようなことを母親が言ってはいけないと、こらえている。

登喜は、冷たい日出吉の態度にとりつく島もなく、そこにいられなくなって、日出吉に背を向け、代わりにつま子に鋭い一瞥をあてて、椅子から立ち上がった。

つま子は母の後ろ姿を目で追い、何かおかしいと感じながら、再び遠慮がちに夫に聞いた。

「おととい訪ねてみえたお二人って、どなた？　やはり満州の関係？」

前年満州から引き揚げてきた和田夫妻の家には、同じ引き揚げ体験をした者がよくやってくる。そのほとんどが地獄のような体験と記憶を共有したくてやってくるのだが、中には、日出吉の妻が日本に帰国してすぐ売れっ子の女優になったことを聞きつけ、近づきになりたくて訪ねてくる向きもある。どちらにしてもそんな訪問が繰り返されると煩わしい。

妻の問いを、日出吉はまたしても邪険に突き放した。

「君は気にしなくていいと、さっき言ったはずだ」

「でも……」

「くどいぞ」

それでつま子は黙った。あまりしつこく聞くと夫が本気で機嫌を損ねるのはわかっている。彼は常に紳士的で、大声を出したり、乱暴な口を利いて怒ることは決してないのだが、そのぶん長い説教で妻の意見や質問を封じこめてしまうことがある。説教の中味は高度、かつ難解なのでつま子はなぜ叱られるのかわからなくなり、大柄で豊満な身を縮め、頭(こうべ)を垂れ、「わかりました。ごめんなさい。今度からおっしゃる通りにしますわ」となる。

だが、つま子はこの夜ばかりは、母と夫との間の険しい空気が気がかりで、このまま放っておけないと思った。母がまだ何か言いたげなのに日出吉が冷たく遮り、それを娘の自分がうまくとりなさず、まるで夫といっしょになって母を疎外し、自室に追い立てたように気が咎めた。すぐにも母の部屋へ行き、ほんとうは何を言いたかったのかを聞いてあげたいと思ったのだが、ふと、怒っている母の口を無理に開かせるより、春子に聞こうと思いついた。

春子は、つま子のお気に入りの十八歳の女中である。ふっくらとした丸顔の彼女はキビキビして明るくて、しかも戦争のため女学校は三年までしか行かなかったというのに、形だけ大学出のつま子よりよほど物知りだし、四歳になる一人息子の篝一郎のいいお守り役を果たすなど、この家にはなくてはならない存在である。

日出吉がようやく寝室へ引き上げるのを見届けると、つま子は急いで台所へ行き、洗いものをしているばあやに聞いた。

「春ちゃんは？」

「八時だからあの人は家に帰る時間ですけど、まだ坊ちゃんの部屋にいると思います」

と、ばあやは答えた。春子は住み込みでなく通いの女中なのである。

ばあやが言った通り、春子は篝一郎の部屋にいて、澄んだ声で歯切れよく、『一寸法師』の一節を読み聞かせていた。彼女は勤めを終えて自分の家に帰る前に、必ず篝一郎に童話やおとぎ話などを読み聞かせるのを習慣にしている。

篝一郎の部屋のドアは開いていて、中の様子が全部見える。彼が大きなあくびをしている。

「眠くなったのね。じゃあ、これでおしまい。また、あした」と、春子は本をパタンと閉じた。

「ぼく、眠くないよ。もっと読んで」と篝一郎はせがむ。

「だめです。春やはもう帰る時間です」

「お泊まりしてよ」

「いいえ、お泊まりはしません」

甘えん坊の篝一郎は、ときどき、通いの春子を泊まらせようと哀れっぽくねだることがある。

その手に乗らないように春子はわざとそっけなく、

「それじゃ、お休みなさい」と、言い捨てて廊下に出ると、うす暗い中で、つま子がひっそりと佇（たたず）んでいる。白い浴衣を着ているので、春子はギョッとして、甲高い声を上げた。

「まあ、奥様、こんなところでどうされたんですか」

「幽霊だと思った？　ちょっとあなたに聞きたいことがあるのよ」

と、つま子が小声で言い、春子のむっちりと、よく引き締まった腕をとった。

「わたしの部屋に来てくれない？　ちょっとだけ。時間はかからないわ」

春子がつま子について部屋にいくと、つま子は立ったまま、

「おととい、二人連れのお客さんがうちに来たんだって？」と、早口で聞いた。

「はい。そうですけど。それが何か」春子は小首をかしげて問い返した。

「お客のお名前は？」

「確か、一人はヒライ様、もう一人は、旦那様の弟のオオノ様とか言われました。兄弟なのに姓が違うんですね」

「パパは和田家の養子になったから姓が違うの。その二人、パパとどんな話をしてた？」

つま子の質問に、春子は、急に怒ったように目を大きくし、唇を突き出すようにして、

「そんなこと、わたしにはわかりません」

まじめな春子は、女中の自分が、主人と来客の話の内容を盗み聞きするようなはしたない真似はしません、と、主張しているのだ。

「あ、ごめん」つま子は春子を怒らせたことに気づいて謝り、

「なにもあなたが立ち聞きしたとは思っていないわ。でも、お茶を出すときなんか、ちらと小耳にはさんだことがあったでしょう。それを教えてと、言っているだけ」

「いいえ、何も聞きませんでした。お客様とご主人様との話は聞かないことにしています」

と、頑なに春子は首を振る。じつは、彼女が客間にお茶を運んでいったとき、彼らが何やら小声で話し、そこに同席しているご隠居様の登喜がしきりに目の周りをハンカチで拭いているのを見て、これはただごとではないと感じたのだった。それでなんとなく注意して聞いていると、満州からの引き揚げとか、孤児とか、たらい回しとか、施設などという言葉が何度も出てきた。春子は、ああ、また引き揚げの話か、それならもうたくさん、と耳をふさぎたくなった。というのも春子自身が昨年、母とともに満州から引き揚げてきたからで、あのすさまじい経験などもう聞きたくもない、思い出したくもないという心境なのだ。

ただ、客たちの話で一つだけはっきり耳に入ったことがある。

それは来客があるとはしゃいで客間に入りたがる篝一郎を外に連れ出そうとしたとき、客の一人が彼に、「君が篝一郎くんか。やはり、いとこたちに似てるなあ」と言い、もう一人も、

「そうだな。血は争えないな」と言ったことだ。

「いとこってなあに」あどけなく篝一郎が問いかける。

「それはだね、君のパパの弟の……」

と、声の大きいほうが説明しかけると、日出吉がいきなり遮った。

「そんなことはどうでもいいでしょう」

そして春子に、鋭い声で命じた。

「春、早く篝一郎をあちらに連れていきなさい」

春子は急いで彼の手を引っ張って室外に出たが、なぜ旦那様が機嫌を悪くするのかわからなかった。もっとも旦那様は、はじめからおしまいまでずっと恐い顔をしていたっけ。

だが春子は、立ち聞きなどしないとりっぱな口を利いたからには、そんなやりとりも奥様に言う必要はないと思った。

「ほんとうに何も聞いてないのね？」つま子は問いつめる。

「ほんとうです。話の内容をお知りたいのなら、ご隠居様にお聞きになればいかがですか。同席していらしたのですから」

つま子は苛立ったように舌打ちして、

「そんなことぐらいわかってるわよ。だけど、目下、おばあちゃまはパパと気まずくなってプリプリ怒ってる。おばあちゃまは、わたしもパパの味方だと思ったらしくて、恐い目でわたしをにらんで出ていった。だから、今、何を聞いても、答えてくれないと思うから、あんたに聞くわけよ」

「それじゃ、直接、旦那様にお聞きになれば？」

「馬鹿ね、パパに聞けるくらいならあんたに聞かないわよ」

つま子はほんとうに困りきった顔をして、

「一体何があったのかしら。パパとおばあちゃまが険悪になって、おばあちゃまがこの家を出て行くなんてことになったら、家はバラバラ、わたし、女優をやっていけない。そうだ、春ちゃん、あんたともお別れしなくちゃならなくなるのよ」

登喜にいなくなられるのが想像するだけでも恐いつま子は、まるで春子を脅すように言った。さすが女優だ、他人の気持ちを自分のほうへ引き寄せるコツを知っている。

春子はその手に負けてしまった。春ちゃんともお別れだということは、自分が解雇されるということだ。就職難のこの時節、ここを追い出されたらすぐに雇ってくれるところはありそうにもない。主人夫妻とご隠居様が仲良くしていればこそ家が丸く収まり、女中である自分の身分も安泰なのだ。つまらぬ意地を張っていると、解雇されてしまうぞ、と別の自分が囁く。

おびえた彼女は急に態度を変え、客たちの話の断片を必死に思い出しながら答えた。

「ヒライ様は早口で、ものすごく大声で話す方で、一人でしゃべり通しでした。もう一人の人の声は低すぎてほとんど聞こえませんでした。あ、お客の二人は着ている物はあまりきれいではなくて、靴もくたびれていて……」

「着物や靴のことはどうでもいいの。要は、どんな話の内容だったのかを聞いているの」

「だから、はっきりした内容は何もわかりません。聞いたのは人の名前らしい、オオノ、ヒライ、えーと、ほかに、セキアイ、シロウ、それから、えーと、イワブチ、クリハシとか地名みたいのもありました。あ、それから坊ちゃまが、いとこに似てるとか」

「篝一郎がいとこに似てる？」

いとこがヒントになったのか、つま子の目が光った。彼女は春子から聞き出した言葉をパズルのようにつなげ合わせようとしたが、うまくいかず、宙を睨んだ。やがて面倒くさがり屋の彼女は、パズルを完成させるのが厭になり、「まあ、いいわ」と投げ出してしまった。

2

娘のつま子と違い、登喜は物事を几帳面に処理せずにはいられない性格である。彼女にとっては、一昨日家に訪れてきた客たちの用件はたいへんに重大なことであって、うやむやに放置すべきことではないと思う。つま子が夫の機嫌を損ねるのを恐れて深入りせず、知らないままにしておくのは許されない。ぜひとも彼女に事の次第を十分にわからせ、善処させねばならないと登喜は考える。

そこで登喜は、数日後、つま子の撮影がない日を選び、日出吉が闇市へ葉巻を買いに出かけた隙を見て娘に切り出した。

「この間訪ねてきたお客さんのことだけどね」

「ああ、二人連れのお客様のことね」

忘れっぽいつま子だが、覚えていて、「おばあちゃまとパパが揉めた、二人のことね」

「別に揉めたわけじゃないよ。わたしは子どもたちがあまりかわいそうだと思っただけ」

「どこの子のこと?」

子どもと聞き、つま子がまじめな顔をした。登喜は熱をこめて次のことを話した。

和田日出吉の弟の一人、大野四郎が、終戦の翌年満州で死んだことは、つま子も夫とともに形だけの葬式に出たのだから知っているはずである。その一月後、四郎の妻静が、日本に帰ろうとしている和田家を訪ねてきて、引き揚げの際には、自分と四人の子どもたちもそちらに同行させてほしいと頼んできたけれども、日出吉は拒否した。そのことも知っているはずである。

その後四郎の遺族はどうなったか、家族は知る手がかりもなかった。

それが、気の毒なことに、大野静は帰国船を待つ待機所で、そのとき流行(はや)っていたコレラにかかって死んだという事実が先日の訪問者二人によって報告されたのである。次女も同時に亡くなり、残された男の子三人は、亡き四郎の友人らにつき添われて、昭和二十一年八月に帰国した、ということである。日出吉一家が日本に引き揚げてきたのとほとんど同じ時期である。

日本に着いた子どもたちは、栄養失調と過酷な長旅のために下船しても腰さえ立たない状態だった。彼らは亡父の友人らによってすぐに国立王子病院に収容され、手当てを受けた。同時に友人仲間の関合(せきあい)正明は、この事実を四郎の弟、大野五郎に連絡した。

兄弟の中でもすぐ上の四郎と一番親しかった五郎は、むろん兄夫妻が亡くなったのを悲しんだが、せめて甥たち三人が無事に帰国してくれたことを喜び、いったんは、退院後の三人を引き取った。

だが、売れない画家の彼は自分の妻子を養うのさえやっとといった有様であり、三人の甥を長く預かることはできなかった。彼は親戚を駆けずり回って、孤児たちの引き受け先を探した。大野家はもと資産家で富裕だったし、親戚も多いのだが、終戦直後の混乱期ゆえ、だれもが自分の生活で手いっぱいで、育ち盛りの孤児たちを正式に引き取って養育することはできず、心ならずもあちこちの親族の家をたらい回しにするしかなかった。

そこで五郎は、次兄日出吉に手紙を書いて、甥たちの現状を速達便で伝えたのだが、返事がなかった。日出吉にしても帰国したばかりで、何度も住所を変えたらしく、手紙が届かなかったようだ。日出吉のほうから五郎に帰国の報告をすることもなく、連絡のとりようがなかった。

困った五郎は、日出吉の妻が女優になっていることを聞きつけ、彼女が所属する映画会社に問い合わせてようやく夫妻の新しい住所を聞き出した。そして、今度こそ連絡がとれるだろうと再び手紙を出したのだが、それでもなお返事がなかったため五郎はそれ以上の連絡はできなかった。

その一方で、五郎兄弟のいとこの平井疆（つとむ）が子どもたちを養子にしてくれる家をみつけようと奔走してくれた。平井は埼玉県に住んでいる。彼は若いころから文才のある猶吉のファンだったから、孤児になった四郎の子どもたちが親戚中をたらい回しにされている実状を聞いて放っておけなくなった。彼が懸命に奔走した結果、同じ埼玉県内で、養子にしてもいいという奇特な人二人をみつけた。三歳に達したばかりの三男の引き取り手はみつからないままではあるが、とにかく上の二人には安住の家を見つけることができた。

それを報告するため、平井は喜び勇んで五郎とともに和田家を訪問してきたのだ。

その席に登喜も同席した。自ら好んでそこにいたわけでなく、外出している日出吉に代わって客の応対をしているところへ日出吉が帰宅したので、そのまま彼と並んで話を聞く形になっただけのことだった。

ところが日出吉はそっけなかった。彼は客たちに対して、感謝するどころかひどくぶっきらぼうに、「拙速すぎやしないか」と、言ったのだ。

予想外の日出吉の返事に、客たちはポカンとした。登喜も一瞬、聞き間違えたかと思った。

それきり日出吉は腕組みして不快そうに押し黙る。登喜は気が気ではなかった。

いつまでも黙っている日出吉に、登喜はだんだん怒りを感じた。子どもたちを託す養家が気に入らないのだろうか。それにしても、拙速とは、何を偉そうなことを言うのだろう。そんなことを言うなら日出吉自身に別のあてでもあるのかと訊ねたいくらいだ。

血のつながる親族でさえ、子どもたちを引き取ることができないご時世、赤の他人が世話の焼ける子どもたちを養子にしてくれる話など、めったにあるものではなく、伏してお礼を言わなくてはならないことである。せっかくいいとこの平井が見込んだ家だとすれば、信用できるはずで感謝すべきだろう。それなのに、拙速すぎるとは、その家に対しても、奔走してくれた平井に対しても失礼きわまりない言い草だと、登喜は思う。

登喜の感覚で言えば、日出吉は二人の客と養家に対して厚く感謝の意を表し、さらに言葉だけでなく、今後長く世話になる養家に、何らかの礼心を示すべきではないだろうか。とっさのことだから日出吉にいい案が浮かばないなら、どうしたらそれを表わせるのかを平井に相談してもいいのではないか。

登喜は固唾（かたず）をのんで日出吉の出方をうかがった。もしかしたら、訪問者たちにもそうした期待があったかもしれない。

だが登喜の思いは裏切られた。日出吉はずっとむっつりとしたままで、最後になってようやく二人に軽く頭を下げ、

「いろいろご苦労でした。先方にどうぞよろしくとお伝えください」

と、言ったきり、またもとの固い表情にもどってしまった。

沈黙が流れた。客たちは手持ち無沙汰になり、それじゃ、と言って立ち上がった。

登喜はあわてて、差し出がましいと思いつつも言った。

「あのう、両方の養家のお名前とご住所をお教えくださいませんか」

すると日出吉が語気鋭く止めた。

「お母さん、その必要はないでしょう。子どもたちを差し上げた以上、変に関わりを持たないことです。それがあちらへの礼儀でもあり、子どもたちのためにもなります」

客たちは日出吉と登喜の顔を代わる代わる見て、複雑な顔をした。

登喜はまたしても不快になった。子どもを差し上げた？　平井は、子どもをもらってくださいと低頭して先方にお願いしたのだろうに、その努力も察せず、差し上げたとはなんと傲慢な言い草だろう。登喜は客たちに対して申し訳なく、また恥ずかしくもあった。

彼女は、客が帰ったあとさっさと自室へ向かおうとする日出吉のジャンパーの裾を押さえて、

「日出吉さんは、四郎さんの子どもたちをよそに養子にやるのが反対なんですか」

と、率直に訊ねた。日出吉は登喜を睨むようにして、

「そんなことはありません。ほかにどんな方法があるというんですか」

それはこちらが聞きたいことだと登喜は言いたかった。が、さりげなく、

「だったら、あちら様にこのまま何もしないわけにはいきませんね……」

と言うと、日出吉はなおも登喜に口出しさせようとはせず、

「いいんです、いいんです。何もしなくてもいいんです」と話を打ち切った。

登喜は、日出吉の考えが変わるかもしれないと思って、一両日様子見していた。

だが、一日過ぎ、二日過ぎの今日になっても、彼は何も言わない。

登喜の気持ちは収まらないままだ。その子たちのために少しは何かしてやりたい。この家に引き取るのが最善だが、それはできないから、せめて何がしかの支度金のようなものを養家に渡したいものである。気位の高い日出吉は、妻が稼いだ金で身内を助ける気にならないのかもしれないが、そんなつまらない見栄は、この際、なしにしてもらいたい。

登喜は人情家ぶっているわけでもないし、日出吉に恩を着せようとしているつもりはないが、はっきり言えるのは、登喜自身に、その子どもたちに対する贖罪（しょくざい）の気持ちがあることだった。

その点では、日出吉も、つま子も同じ人間として同じ意識をもってしかるべきだと思う。

母のつま子から一部始終を聞かされたつま子は、「かわいそうに、かわいそうに」と言って大粒の涙をこぼした。つま子は面倒なことに巻き込まれるのを嫌うが、もともとは義理人情に厚く涙もろいのである。登喜は、つま子にハンカチを渡してやりながら、

「わかったでしょ。このまま放っとけないってことが」

「うん」

つま子はハンカチで涙を拭いたあと、それでクシュンと鼻をかんでから母に返しながら、

「でも、どうすればいいの？」

「わたしたちにできることは何もないけれど、せめてそれぞれの養家にお礼のしるしを差し上げるくらいはできるでしょう」

「お金のこと？　いくらくらい？」

「さあ」

登喜にしても、お金で謝意を表すのは露骨すぎて、かえって養家に失礼なことかもしれないと思うけれど、だからといってほかに感謝を表わすどんな方法があるだろうか。

「ともかく、あなたからわたしたちの気持ちを日出吉さんによく伝えてよ。何かその子たちにしてあげることがないか、考えてくださいって」

「わかった。そうするわ」

「ほんとうよ。このまま放っておいては、そのうち世間にも知れて、木暮実千代の名にも傷がつくわよ。売れっ子の女優のくせに、夫の身内には冷酷だって言われるわよ」

「わかった」

と、つま子はしっかり返事をしたが、ふと表情を硬くして、

「でもパパは、この間のように、余計なことを言うな、と、叱るような気がするわ」

「ほんとに、日出吉さんときたら……。情ってものがないのかしら」

登喜は思わず娘の前で、婿に対する不満を吐き出してしまい、あわてて訂正した。

「日出吉さんに情がないわけじゃなくて、わたしたちに頭を下げるのが厭なのよね。だから、

こちらから、お願いですから何かさせてくださいと言えば、その気になると思う」

「わかった、そうしてみるわ」

つま子は確かにそう請け合った。それなのに、数日過ぎても登喜に何も報告しない。じれた登喜は、日出吉がいないところで娘に囁いた。

「あのこと、どうなったの？」

「ああ、あのことね。やっぱりだめだって。いったんよそに養子にやるときめたからには、妙な関わりを引きずらないで、他人になりきるのが子どものためだって」

日出吉は、客の前で言ったのと同じ理屈で妻の申し出を拒否したらしい。つま子はそれで納得して、一件落着としてしまったのである。登喜は我慢できなくて、

「あんたが旦那に逆らわないのは結構だけど、ほんとうにいい奥さんは、ときにはあえて旦那に進言することも必要よ。満州でのあの後悔を忘れたの？　また、あの二の舞になるよ」

この言葉でつま子の顔が、一瞬、歪んだ。

「おばあちゃま、もうやめてよ。その話」

彼女は両手で耳をふさぎ、唇をピクピク震わせた。彼女にとっても辛い記憶なのだ。

それから急に思いついたらしく、一つの提案をした。

「それじゃ、おばあちゃまの名前でその子たちに何かしてあげたら？　お金ならいくら使ってもいいから」

「でも、その子たちと何の関係もないわたしの名でお金を出すなんて筋違いよ」

「筋なんかどうだっていいじゃない」

つま子はいつもこうだ。お金のことなら自分がいっしょうけんめい働くから心配しないでいい。だからパパとおばあちゃまは揉めないでうまくやって、と逃げるのだ。それがつま子にできる仲裁のつもりなのかもしれないが、登喜は不満である。

登喜は和田家の財布を握っている。映画女優としてのつま子の収入の増え方はめざましいから、登喜の裁量で少々の支出はどうにでもなる。しかし正直な登喜は、娘の金といえども自分の一存で黙って支出するなどこれまで一度もしたことがなかった。今回だって、日出吉が同意しないことをどうして登喜の独断でやれようか。

登喜は柱にもたれたまま嘆息した。この子はいつも面倒なことになると自分で考えようとせず、他人任せにする。彼女のそういうところは父親の血筋からきているのだと、登喜は今さらながら亡き夫をうらめしく思い出す。

つま子の父、つまり登喜の亡夫和田輔（たすく）は東京市の乳業界で五本の指に入るほどの大きな乳業家の長男として生まれた。彼の父親が刻苦勉励して事業を伸ばしたのに、長男である輔は家業を盛り立てるどころか、地道に働かず、酒と花柳界の遊びにふけった。

気風（きっぷ）がよくて義侠心もあり、後輩から兄貴とか、親分とか慕われる面もあったのだが、根気強く地道に物事に取り組むことが苦手だった。むずかしい判断を迫られると、常に自分の代わりに答えを出してくれそうな拠り所を他人に求めた。彼の場合、それが妻の登喜だった。

登喜は女学校時代から絵を描いたり、読書をして過ごすような物静かな少女だった。読書は小説だけでなく、女学生にしては硬い本や、新聞雑誌の類もよく読んだから、世間で起きた出来事なら大概わかっており、酒と女のことしか知らない夫よりよほど物知りだった。そんな妻を輔は恐れ、いまいましく思いつつも頼りにした。

彼の父親は、息子を結婚させれば嫁の力でなんとかなると期待したようだが、期待は見事に外れ、息子は何も変わらなかった。怒った父はとうとう輔を勘当してしまった。

つま子はそんな父とよく似ている。彼女は生まれてから成人するまで、恐い物知らずで、やりたいことはだれがなんと言おうとやらなければ気がすまない娘だった。それでいて根気がなく、始めたことにすぐ飽きて放り出してしまうところもまた父親の気質を受け継いでいた。

登喜はずっとこの娘の性格を心配してきたが、世間では困った子ほど可愛いと言うように、この厄介な娘が可愛くてならず、つま子を守ってやることが自分の宿命だと思ってきた。

ところが人間とはわからぬものだ。父親似だったつま子は、成人して、女優になり、意外にも父親とは似ても似つかぬ、真っ当な頑張り屋であることを示して母を驚愕させたのだった。

つま子が、いつ女優なんか飽きたわ、もうやめた、と言い出すかと登喜は覚悟していたのに、予想に反して、女優こそわが生きる道とばかり、まっすぐに突き進み、着々と成功を収め、父親より数倍もやる気のある人間であることを証明したのだった。

登喜はうれしい誤算に驚いた。しかし、この現象は映画女優としての一面にすぎず、それ以外のことでは、相変わらず、衝動的で集中力がなく、難問にぶつかると、自分で解決しようとせず、母親や夫に任せて、自分は逃げ出すことばかり考えている。

そのつど登喜は、ああ、この子はやはり父親そっくりだと嘆くことになるのだ。

3

ここで日出吉の経歴とつま子との結婚のなれそめを語っておかねばならない。

日出吉が新聞記者として華々しく活躍していた当時、登喜は子どもの世話に明け暮れる家庭の一主婦だった。忙しい家事の合い間にも、読書好きの彼女は小説や新聞雑誌の類をよく読んだ。特に夫輔の姉の婿養子である和田日出吉が書いた新聞の社会記事や小説は熟読した。

当時の日出吉は和田一族の誇りだった。登喜が彼の活躍ぶりを夫の輔に伝えると、政治や社会問題に無頓着な彼でさえ、「ほう、おれの姉はすげえ婿を選んだもんだ」と喜んだ。彼の姉の一人娘栄子の婿が日出吉なのである。

やがて、日出吉が記者をやめ、満州に渡ったことを登喜は間接的に聞いた。日出吉が書いた記事のことで恨みをもつ者が彼の命を狙っているという噂があって、それを避けるために満州に逃れたのだという。だが才能のある日出吉はそのまま落ちぶれはしなかった。

彼は満州新聞社の経営を頼まれ、さらに満州映画協会の理事にもなったというから、さすが、転んでもただで起きない人だと、一族のものたちはますます鼻を高くした。

一方、つま子の経歴といえば、彼女は女学校を出てから日本大学に入った。女性が大学に入るのは当時きわめてまれなことだった。

彼女が大学に入学したのは学問をしたかったからではなく、当時、つま子が好意をもっていた青年が明治大学の学生だったので、その彼に近づくため、明治大学のすぐそばにあって、折から「芸術学部願書受けつけ中」の看板が出ていた日本大学に入ったのだ。日本大学は当時めずらしい男女共学だった。

どうせつま子のことだからすぐに飽きて退学するだろうと登喜は思った。ところがつま子は、退学するどころか嬉々として通学をつづけ、ずる休みもしない。もしかして学問の楽しさに目覚めたのかと思ったのは登喜の勘違いだった。

つま子は入学後に入った演劇研究グループの自由で華やかな活動が楽しくてたまらなかったのである。美人の彼女はみんなからチヤホヤされる。あまりに楽しくて、数か月前まで追いかけていた明治大学生の恋人のことなどすっかり忘れてしまった。

つま子が日本大学芸術科の演劇研究グループに所属したことで彼女の運命はきまった。昭和十三年に映画関係者にスカウトされ、二十歳のとき、松竹大船に入り、映画女優になる道が開けたのである。

芸名は木暮実千代。大学出のインテリ女優と騒がれた。彼女はよほど映画の水が性に合っていたようで、すぐに映画界になじみ、トントン拍子で役がついた。

そうなると登喜は喜ぶよりその先が心配で、よくつま子に訊ねた。

「あんたは本を読むのが大嫌い、まして台本などをしっかり読み込むのが苦手でしょう？　それでほんとに女優業がつとまるの？」

「平気、平気、わたしはもの覚えがいいの。台詞（せりふ）を覚えるなんてなんでもない」

じっさい、つま子はずばぬけた暗記力をもっていて、台本にサッと目を通すだけで台詞を覚えることができた。しかも、その内容を自分自身で深く咀嚼（そしゃく）し掘り下げることはしなくても、監督が彼女に要求する演技をすばやく感じ取り、的確に応えるカンのよさがあった。

監督やスタッフたちは、そういうつま子を重宝がった。

三、四年たつと知名度が上がり、有名スターと呼ばれる人々の仲間入りをするまでになった。

昭和十七年一月、松竹大船は『迎春歌』という映画をとるため、満州の新京へ撮影隊を出発させた。その直前まで会社は『サヨンの鐘』という映画を台湾ロケで撮る予定だったが、太平洋戦争が勃発したため、制作を中止し、急遽、舞台を満州に変えて『迎春歌』という別名の映画を作ることにした。協力を要請された満映側も大乗り気で、協力どころか合作の形にしたのである。このとき二十四歳になっていたつま子は、有名な李香蘭の共演者として一行に参加した。

すでに満映の理事の要職にあった四十半ばの妻帯者和田日出吉とつま子の出会いはそのときのことで、すぐに恋が芽生えた。

二人とも最初は気づかなかったのだが、やがて日出吉がつま子のいとこ和田栄子の夫であることがわかった。つまり、つま子と日出吉は義理のいとこの関係になる。

撮影が終わり、つま子が日本に帰国しても恋の火は消えるどころか、さらに燃えさかった。

彼らが満州で恋仲になったと知って、登喜は仰天した。一族の中に和田日出吉というすばらしい新聞記者がいるのを誇りに思っていたのに、じつはとんだ不届き者だったのだ。

つま子が仮にもいとこの夫を奪ったとなれば、親戚中に顔向けができないことになる。つま子ほどの女なら周囲に群がる男性は数知れないのに、よりによってなんという男を選んだものか。登喜は必死で火消し役をつとめたが、父親ゆずりのわがままと無鉄砲さをもつつま子が聞き入れるはずもなかった。

それならりっぱな社会的地位にある日出吉に大人の理性的な分別を期待するしかない。ところが日出吉も血迷っていて、恋を諦めようとせず満州からひんぱんにつま子に手紙を送ってくる。長距離電話もしてくる。挙句の果てに、手を回して、軍用機に便乗して満州から会いにくる体たらくで、まったく正気の沙汰ではなかった。

日出吉と栄子夫婦の仲は冷えて別居しているが、子どもが二人いるので籍はそのままだという。栄子が正妻である以上、日出吉とつま子の関係は不義密通ということになる。それがどんなに道徳的にも社会的にも指弾されることかを、登喜は二人に説きつづけたが効果はなかった。だれに相談することもできない登喜は途方に暮れた。それでも日出吉が満州からつま子に会いに日本に来るときは、人目につかないように工夫して二人の逢う場所を用意してやらなければならなかった。

やがて恐れていたことが現実となった。つま子が妊娠したのだ。つま子は大喜びで出産の日を待ち望んだが、登喜は日出吉の出方が心配でならなかった。彼が果たして円満に本妻を離縁し、つま子を妻にするのか、それともずるい男がよくやりそうな、つま子を愛人のままにしておくか。もしそうならつま子の子どもは私生児となってしまう。

それは絶対許せない。登喜は思い悩んで狂いそうになった。

しかし、万事処理能力にたけた日出吉は、つま子の妊娠と出産を聞くと即座に帰国し、別居中の妻に離婚を承諾させ、つま子との婚姻届と、篝一郎と名づけた子どもの出生届けなど一連の処理をあっという間にやってのけ、近いうちにつま子母子を呼び寄せることを約束して満州へ帰っていった。

こうしてつま子は、翌年、六年間の華やかな女優生活をあっさり捨て、満州の夫のもとに飛び込んでいったのである。登喜もいっしょだった。篝一郎が乳飲み子だということや、異国での生活の不安から、ぜひとも母に満州へ同行してくれるようつま子が懇望したからである。

日出吉もそれを強く望んだ。登喜は行きたくなかった。満州は遠くて寒くて、それにいつ匪賊が出るかわからないような恐ろしいところだと聞いていたからだ。

　だが、とうとうつま子の強引さと孫籌一郎の可愛さに負けてしまった。

　昭和十九年十二月、三人は満州へ向けて出発した。

　渡満した彼女たちは、新京の日出吉の豪華なアパートメントで過ごすことになった。町には日本人が多くて安心だし、戦時下なのに食料も日用品も豊富で日本とは大違いだ。これも噂の関東軍のおかげなのかと登喜は思った。

　関東軍は満州に駐屯している日本陸軍部隊で、実質的に満州支配を担っていることなど、一介の主婦の登喜でさえ聞いて知っている。

　登喜が思わず、「こんなに贅沢な暮らしをさせてもらっていいのでしょうか」と言うと、日出吉は露骨に不快そうな顔をした。彼は、内地の生活の逼迫（ひっぱく）に比べて在満のエリートが贅沢三昧していることを登喜から批判されたようにとったのかもしれない。

　驚くのは物資の豊かさだけでなかった。満州に住む日本人、特に軍人や地位の高い人が朝鮮人や満州人に対してひどく威張り散らすのは登喜の想像を超えていた。

　登喜でさえも知っている「日満親善」、「五族共和」、「王道楽土」などのスローガンは言葉の上だけで、じっさいにはこんなにも差別しているのだと知り、彼女は厭な気がした。

　たとえば登喜が中国人の使用人に対してていねいな口の利き方をすると、日出吉が聞きとがめ、そんな言い方をすると彼らは戸惑い、かえって気味悪がるから、彼らは奴隷のようなものだと割り切って、きびしい命令口調で話せばいいのだと注意した。

奴隷だなんて、彼はそんな感覚をもって満州映画を作っているのかしら、と登喜は強い違和感を覚えた。だが、つま子は無邪気にはしゃいで言った。

「パパは王様みたい。パパがこれほど偉いとは思わなかったわ」

彼女にとって今までに接したことのない強い権力をもつ男の姿に度肝を抜かれたのだろう。これまで威張る男と言えば、せいぜい映画会社の社長か、自分の父親の家庭での横暴ぶりしか見たことのなかった彼女にとって、夫の桁違いの絶対的権力者ぶりは畏怖を感じさせるほどで、満州に来て以来、つま子は何につけパパ、パパと崇拝せんばかりになった。

登喜は手放しに喜べなかった。日本は戦いの真っ最中、満州での日本の優位がいつまでも保ちつづけられるのだろうかと、理屈はわからなくても本能で危険を感じた。

日出吉は、妻のつま子が素直にこの環境に満足しているのに比べ、姑の登喜は冷めた目で周囲を見回し、有難がるどころかどこか批判的に見えるのが不満だったかもしれない。

満州に来てから一月ほど過ぎたある日、家族がそろって食卓についているときつま子が、

「明日は甘粕理事長に夕食のご招待をされているのよ」と登喜に言った。

「え？　甘粕？　まさかあの甘粕正彦元憲兵大尉ではないでしょうね？」

「ええ、その甘粕正彦大尉よ」

「あんな人殺しがなぜ満州にいるの？」

登喜は思わず聞かずにいられなかった。憲兵大尉甘粕正彦と言えば、関東大震災の戒厳令下で無政府主義者たちを殺害したばかりか、七歳の子どもにまで手をかけた残酷な人物として、登喜のような市井の主婦でさえ知っている名前である。そんな男が、いつの間にかここ満州に来ているとは。

何気なくそんなことを言っただけの登喜は、彼女を突き刺すように見つめた日出吉の眼の鋭さにギクリとし、自分はまずいことを聞いたのだと悟った。だがつま子は誇らしげに、

「甘粕さんは満映の理事長なの。パパはあの方に引き立てられているのよ」

「そうなの。ちっとも知らなかったわ」

「甘粕さんは世間では恐ろしい人のように思われているけど、ほんとは音楽や映画などが好きな文化人なのよ。わたしも何回か会ったけど、ニコニコと優しくしてくださったわ」

などと喜んでいる。登喜はうなずき、二度と甘粕のことには触れまい、と思った。

「それに甘粕さんは、よく気を遣う人で、何かの折には社員たちにリンゴとか餅を配ったりして、みんなを喜ばせるんですって」

登喜は自分もリンゴや餅を配られたいとは思わない。それよりも、かつて政治家と財界人との癒着の非を暴こうとした正義派記者の和田日出吉が、甘粕のような男を後ろ盾としているわけを知りたかった。だが、そんなことは間違っても本人には聞けなかった。

義理の息子になった日出吉には、その他にも登喜に理解し難いことがいくつかあった。

その一つは、彼が、他人に自分は東京生まれの東京育ちと言うことだった。彼が最初の妻栄子と結婚したとき、その家族たちに、「私は栃木生まれのどん百姓の倅です」と言ったと登喜は伝え聞いている。だがその彼が、今は東京生まれと称するのはなぜか。生地を偽るのは、それが私的な会話だとしても不正なことではないのか。正直を基本として生きてきた庶民の登喜は、他人事(ひとごと)であっても日出吉の嘘には不安を感じた。

また日出吉は郷里や係累についてほとんど語りたがらない。彼とつま子の結婚は訳ありだったので結婚式も披露宴もしなかったから、両家の親族がそろって顔を合わせることもなく、登喜は日出吉の親族のことなど何も知らない。同じ満州には弟がいるそうだが、あいつは変わり者だからと言うだけで引き合わせようともしない、などなど、何につけ水臭いと思うことが多かった。

それでも登喜は、にわかに義理の親子になって日が浅いのだから日出吉が急に打ち解けられないのも無理がないのだと、自分に言い聞かせてきた。

満州での豊かな暮らしは、その後一年ももたなかった。つま子や登喜がようやく異郷の生活に慣れ、贅沢を楽しんでいるうちに、時局は急速に激変していたのである。

外界の慌ただしく不穏な気配は、家の中にいても伝わってくる。それなのに、日出吉は妻や姑が不安がりそうなことはほとんど聞かせず、

「外のことは男たちに任せておきなさい。女は何も知らなくていい」と言うばかり。

日出吉の言葉を信じて、何の心の準備もしなかったつま子と登喜にとって、昭和二十年八月にソ連軍が国境を越えて満州に侵入したニュースは寝耳に水だった。頼みとしていた関東軍は、ソ連軍が侵入する直前、民間人を置き去りにして逃げたこともそのとき知った。

「わたしたちどうなるの」とつま子が怯（おび）えて訊ねると、日出吉はその期（ご）に及んでもなお、

「どうもならない。心配しなくていい」

「もしパパがソ連兵に捕まったらどうしよう」

つま子でさえ夫の立場の厳しさがわかっているのに、それでも日出吉はまともに答えようとせず、

「おれのことなら大丈夫、おまえは心配するな」と同じ答えを繰り返す。

登喜は、日出吉が娘に対して愛妻家であるのはうれしいが、こういう危機的なときに妻に心配するな、としか言わないのは、妻を一人前の大人扱いをしていないように思えて感心しなかった。よいことも悪いことも、洗いざらい打ち明けて、ともに乗り越えていくのが夫婦というものではないかと登喜は思うのに。

甘粕は満映社員のための退職金や帰国の手続きなどの事務的責任を果たしたのち、青酸カリを飲んで自殺した。甘粕の死後、理事たちの何人かがシベリア行きとなった。

日出吉も内心自分もきっとそうなることを覚悟して、ひそかに、部下に家族を託す手配などをしていたのだが、奇跡的にシベリア行きを免れ、一家はそろって帰国の途につくことができ

た。もはや一家には甘粕や関東軍の庇護もなく、一般の帰国者たち同様、猛烈な飢餓や危険に襲われたり、現地人から襲撃を受けたりの想像を絶する辛苦を味わいながら、帰国船雲仙丸に乗った。

一家が博多港についたのは昭和二十一年の九月だった。

思い出すのも辛い地獄の脱出行だったが、登喜には新しい家庭生活への期待があった。

満州での日出吉と登喜は打ち解け合う余裕もなく、互いにズレを感じながら暮らしていたけれど、こうして心を一つにして苦難を乗り越え、生還できたのだから、今度こそ、絆が強まり、ほんとうの親子のようになれるだろうと思ったのである。

だが、そうはならなかった。日出吉は満州時代よりもっと登喜から遠のいたように感じられる。彼は家に閉じこもって、登喜と目を合わせようとも話しかけようともしない。

彼が失意のどん底にあることは登喜にもよくわかっている。満州での地位も財産も失ったことよりも彼がみじめに感じているのは、世間が彼を、女優〝木暮実千代〟の夫としか見てくれないことではないかと、登喜は気づいている。

それは満州から乗った帰国船から始まった。乗客の中には三年前につま子が銀幕で活躍していたことを覚えている人がたくさんいて、辛い引き揚げの途中というのにスターを間近に見た喜びと興奮に沸き立ち、大騒ぎになった。彼女はたちまち船の中の女王になった。

また船が博多港に着いたときも、どうして伝わったのか大勢の新聞記者が出迎え、いっせいにつま子にインタビューをした。同時に記者たちはとんでもない失敗をした。こともあろうに、日出吉と登喜が夫婦、つまりつま子の両親だと勘違いしてマイクを向けたことである。

日出吉とつま子には二十歳もの年の差がある。つま子は苦労をしたのに今も若々しく輝いて見える。日出吉と登喜はともに五十近くで、年相応に窶(やつ)れている。記者たちにはこの二人が夫婦に見えたとしてもふしぎではなかったかもしれない。

だがこの誤解は日出吉にとってひどい屈辱であったろう。

帰国したあとも日出吉には、不本意なことばかりつづく。彼のかつての輝かしい業績を覚えている人はもはや少なく、知っていたとしてもすでに過去の人として彼を扱うだけだ。

その上、華やかに女優復帰した〝木暮実千代〟の夫としてしか認められないとしたら、ずっと古い型の男性優位で生きてきた彼の苦痛は計り知れないものがあろう。そのためかえって彼は家庭で威張りたがるのではないか、などと登喜は理解しようとするのだが、彼のあまりの傲慢、尊大さには辟易(へきえき)してしまう。

4

暑い朝だった。春子は出勤してくるなり、今日こそ坊ちゃんに水遊びをさせようと張り切った。ほんとにうちの坊ちゃまは臆病で、ひどく水を恐がるから困る。なんとかして水に慣れさせなければと、養育係りでもあるかのような気持ちで、エプロンを着け、裏庭に丸い大きなたらいを運んで水を張っていると、しぶきが顔にかかってとても気持ちがいい。早くこの気分を味わわせてあげたいと、声を張り上げて篝一郎を呼ぼうとしたとき、

「ちょっと春ちゃん、こちらへ来て」と、奥から出てきた登喜が手招きした。

「はい」

春子は元気よく返事をして登喜の部屋に入った。

部屋の真ん中に小机が置かれ、そこで登喜は手紙を書いていたらしく、便箋やペンやインク壺などが並び、周りにはグシャグシャに丸められた書き損じの紙が数枚散らばっている。几帳面な登喜に似合わない乱雑さである。

春子が何の指示をされるのかと待っていると、登喜は額の汗を拭きながら言った。

「やっと下書きが書けたわ。これを春ちゃんに清書してもらいたいの」

「わたしが清書するんですか？　ご隠居様は達筆でいらっしゃるのに」

春子は字が上手で、始終女主人のつま子の代筆をやっているけれど、登喜から頼まれたことなどこれまで一度もなく、今日はどうしたことかと訝（いぶか）しんだ。登喜は苦笑しながら、

「今日めずらしくペンをもってみたら、ひどく目が悪くなっているのに気づいたの。最近本も読まないし、手紙を書く必要もめったにないから、こんなに目が衰えたのを知らなかったのよ。眼鏡をかけても細かい字が書けないし、手も震えるの。ほら、見て、変でしょ」

覗き込むと、確かに字が不揃いだ。行も全体が斜め左のほうに傾いて、便箋の細かい縦線からはみ出している。

「ね？　これじゃ、あんまりひどいでしょ。先様に恥ずかしいわ」

「先様と言いますと？」

「ほら、この間訪ねてきた二人連れのうちの一人、日出吉さんの弟のオオノゴロウさん」

「はあ」

春子は早く篝一郎に水遊びをさせたくて気もそぞろだ。だが登喜は、

「春ちゃん、そんなところに立ってないで、ちゃんと座って聞いてちょうだい。あのとき来てくれたお客さんを手ぶらで帰してしまったのが申し訳なくてね、今そのお詫びを書いたの」

「はあ」春子はボンヤリと聞き返した。「何かお土産でもあげればよかったんですか」

「まあ、ね。で、今からでも遅くないと思って。そのことを手紙に書いたの。でも、これは日出吉さんには内緒よ。バレたら、余計なことをするなと叱られるわ。家族同然の春ちゃんにだけ打ち明けるのよ」

家族同然などと言われると春子はうれしい。しかも秘密という言葉にワクワクして、

「これを清書するんですね」

思わず大きな声を出すと、周りにだれもいないのに、登喜が細い人差し指を唇に当て、シー、と合図する。春子は肩をすくめ、急いで登喜の手紙の下書きを読んだ。

オオノゴロウ宛ての文面には、この前訪ねてきてくれたときは何のおもてなしもできず申し訳なく思っていること、別便で小切手を送らせてもらうので受け取ってほしいこと、わずかな金額であるけれど、せめて子どもたちのために役立ててほしい、ただし、これは和田登喜の一存ですることだから、和田日出吉には決して礼状など出さないでほしい、などと細やかな頼みが書いてある。

オオノゴロウたちが和田家を訪問した用向きについては、その後春子も、登喜やつま子の会話から、うすうす想像がついてきた。

「オオノさんたちのご苦労に対して、何のお返しもできないのがわたしは心苦しいのよ。日出吉さんがなんとかしてくれたら、わたしもこんなお節介をしなくてすむんだけど」

と、登喜ははっきり日出吉を非難した。女中の春子としては、肯定も否定もできない。

春子がまず気になったのは登喜の立場だった。春子でさえ、登喜と日出吉の間がしっくりいっていないことは気づいている。主人の日出吉が気難しい上に、妻のつま子がおおざっぱすぎて、夫と母との間をうまくとりなせず、母を孤立させていることも知っている。そんな立場に置かれている登喜が、日出吉が望まないお節介をしていいのだろうか。春子は言った。

「ご隠居様のお優しいお気持ちはわかりますが、あとで旦那様に知れたら大変なことになるんじゃないですか。女中のわたしが余計なことを言ってすみませんが……」

だが、登喜は意外にも明るく割り切った様子で答えた。

「そうかもしれないね。でも、いいの。わたしはつま子から、おばあちゃまの気のすむようにしていいって言われてるの。いわば金主からお墨つきをもらってるんだから、日出吉さんにとやかく言われることはないのよ」

「でも、ご隠居様がそれでよくても、あとで奥様が旦那様に怒られるかもしれませんよ」

「いいのよ、夫婦の間のことは夫婦に任せるしかない。わたしがあの人たちとどうしてもうまくいかなくなったら、この家を出るから」と、きっぱり言う。

　春子は登喜の言葉を潔いと思った。だが、もし登喜に出ていかれてこの家の屋台骨がくずれたら、女中である自分も行き場がなくなると気がつき、

「それはいけません。ご隠居様がいないと家族のみなさんが困るし、わたしも困ります」

「春ちゃんが心配してくれるなんて、うれしいわね」

　登喜は静かに微笑みながら、散らかった何枚かの下書きを掻き集めてきれいに重ね、喉元から言葉を押し出すようにして言った。

「わたしがこんなことに出しゃばるのは、満州で、四郎さんの奥さんや子どもを見殺しにしたお詫びなの。遅すぎるけどね」

「えっ、見殺し？」

「そう。ここまでしゃべってしまったんだから、ついでに洗いざらい話すわね」

　登喜が、思い出すのも辛そうに語ったのは次のようなことだった。

終戦の翌年、和田一家がいよいよ日本へ帰国しようとしていたとき、日出吉の死んだ弟四郎の妻静がやってきて、ぜひ同行させてほしいと頼んだ。だが日出吉はにべもなく断わった。五人もの家族が無理なら、三人の男の子だけでも預かってほしいと静は重ねて頼んだ。日出吉はそれもだめだと言う。登喜とつま子は気の毒で見ていられずに、静の願いを叶えるよう口添えはしたのだが、彼はどうしても承知しない。一家の主人である日出吉に逆らえない二人にはなす術もなく、静をむざむざと帰らせてしまった。そのことが、今も心を苦しめ、やりきれないのだという。

「あのとき、もっと強く頼んでいれば、日出吉さんも折れたかもしれないのに、わたしたちの頼み方が弱く、おざなりだったのかもしれない。心のどこかに、自分たちが助かりたいから、他人が割り込んでくるのを迷惑がる気持ちが働いたのかもしれないわ。あとになって、わたしたち、静さんにとても罪深いことをしたと気づいて、どうか、静さんたちが無事に逃げ延びて日本へ帰ってくれますようにと、神様に祈ったけど、そんなのムシのいい気休めでしかなかった。そのとき、静さんは健気(けなげ)に、わかりました、と言って、ていねいにお辞儀をして、皆様、どうぞ、ご無事にご帰国されますようにお祈りします、と言ったわ。逆でしょう？　ふつうなら、あんなとき、思いっきり日出吉さんやわたしたちに恨み言を言っていいのに、そんなこと言わずにわたしたちを気遣った。静さんはとても色が白い上に、澄んだ清々しいお顔だった。もしかしたら、奥さんはもう生身の人間を脱しておられたのではないかとさえ思うくらい……」

そこまで言って登喜は、こらえきれなくなったように嗚咽した。

そういうことだったのか。春子はついさっきまでの、ご隠居様は出しゃばりすぎると思っていたのは間違いで、そこには深い慚愧の念があることがようやくわかった。

「そうだったんですか。わたしも引き揚げ者だからよくわかります。あのとき満州で、他人のことを考えるのがどんなに難しかったかよく知ってます。ご隠居様も奥様も悪くありません」

と春子は登喜を慰めた。春子と母にだって、いっしょに逃げたい隣人がいたのにできなかったという体験をしている。周囲でもそんな例をいっぱい見聞きした。

「ご隠居様がその子どもたちに何かしてあげたいと思われるお気持ちはよくわかりました」

春子はそう言いながら、心では、一番罪深いのは旦那様ではないかと思った。

なぜ彼が弟の家族を守らなかったのか。どうしてもいっしょに連れて帰れない理由があるなら、邪険に追い払わず、なぜ、優しくていねいにそのことを説明しなかったのか。ご隠居様や奥様は人がいいから、自分たちの口添えが熱心でなかったことを後悔して自責の念に駆られているようだけど、ほんとうに悪いのは冷酷な旦那様だ。そんな性格だから、今また、孤児となった三人の甥たちの力になろうとしないのだ。血のつながりのないご隠居様でさえ過去の償いをしようとしているのに、旦那様が何もしないなんてほんとうにひどい人だ、などと憤慨しながら清書を始めた。春子の側で登喜は独り言のように呟きつづける。

「そのあと、奥さんと子どもたちがどうなったか、ゴロウさんに聞くまでまったくわからなかったのよ。でも三人の男の子が無事に日本に帰国できてほんとうによかった。きっとあの奥さんが死んだあとも子どもたちを守りつづけたのね。小児麻痺の女の子だけは助けられなかったそうだけど」

え？　清書していた春子の手が不意にとまった。三人の男の子と小児麻痺の女の子？

さっきから何度もオオノという姓を耳にしていたけれども、何の注意も払わなかったのに、たった今、オオノと、小児麻痺の女の子と、三人の男の子というバラバラな言葉が磁石のようにガッシリと結びつき、大きな塊（かたまり）になって春子の脳を一撃した。彼女はペンを取り落とした。

「そのオオノさんという方は、『満州生活必需品配給会社』に勤めていませんでしたか」

登喜は、うん？　と、少し考えてから、ゆっくり首を振った。

「いいえ、そんな名前の会社じゃなかった。確か、何とか通信社から満州に派遣されたと聞いたわ。わたしたちは同じ満州にいても、四郎さん一家とはほとんどつき合いがなかったし、日出吉さんも身内のことはしゃべりたがらない人だから、詳しいことは知らないけどね」

にわかに落ち着きをなくした春子を、登喜はふしぎそうにみつめ、

「あなた、四郎さんのこと、何か心当たりでもあるの？」

「ええ、大野というのはよくある名前だから、どこかの大野さんの話ぐらいに思っていたら、わたしが満州で知っていた大野さんのことかもしれない、と、たった今、思ったんです」

「あなたが知ってる大野さん？」

「はい。わたしたちが住んでいた満州生活必需品配給会社の社宅の一階に大野四郎さんという人の家族がいました。あちらは一階、わたしたちは二階でとても仲良しでした。わたしの父は戦死したので、そのご一家は何かとわたしたち母子を親身に助けてくれました」

「それが日出吉さんの弟の四郎さんだと言うの？　同姓同名じゃない？」

「はい。そうかもしれませんが、そのご夫婦にも三人の男の子と小児麻痺の女の子がいたんです。それほど同じ条件の同姓同名って他にいるものでしょうか」

「ああ、それはないと思う。だけど……」

登喜は半信半疑で、少し春子を咎めるように、

「春ちゃんったら、なぜもっと早くそのことに気づかなかったのよ」

「すみません。ご隠居様のお話の人と、わたしが知ってる人が同じ人物だとぜんぜん結びつかなかったのです。それにわたしはその人を、逸見さんとか、ヘンキチさんとか呼ぶことが多くて、本名のオオノシロウさんという名前を聞いてもピンとこなかったんです」

「逸見さん？　ヘンキチさん？」

「あ、その人は詩人で逸見猶吉さんというペンネームを使っていました。長男のロンちゃんがふざけて、お父さんを、変な猶吉という意味でヘンキチって呼んだんです。たぶん猶吉さん自身でつけたあだ名だと思います」

「驚いた！　確かに四郎さんは詩人だったと聞いたわ。じゃあ、やっぱり間違いない」

春子と登喜はほとんど同時に叫んだ。

「こんな偶然ってほんとうにあるかしら！」

春子は興奮のあまり、清書をそっちのけにして庭に飛び出した。もう篝一郎に水遊びさせるどころではなかった。たらいにたっぷり張られた水がキラキラ輝いている中に自分の両手を泳がせ、頭を冷やそうとした。頭の中に逸見猶吉一家が侵入して何やら叫んでいる。

春子がようやく冷静になって考えたのは、この話を母のキクエにどう伝えたらいいだろうということだった。キクエも春子も、静たちがきっと生きていると、ずっと信じてきたのである。

キクエは満州からの帰国者に出会うたびに、帰国船の中で四人の子連れの大野静という人がいませんでしたかと、あてどなく聞き回ったり、ラジオでやっている尋ね人の番組に依頼したりした。だが何の手がかりも得られなかった。それでもキクエと春子は、静たちが死んだとは思えず、絶対生きていると信じつづけてきた。それは、「何があってもわたしは子どもたちを連れて日本に帰るわ。真由子は日本で生まれたけれど、他の子たちは満州生まれ、日本人なのに日本を知らずに死なせるわけにはいかないわ」と、白い顔に強い意志を見せて断言した静の言葉が忘れられないからであった。

それなのに静は真由子を連れて、夫猶吉の許に行ってしまっていたのだ。

春子はその事実を母に告げるのが恐かった。

第四章　隣人

1

東京西落合の坂の下にあるその家は、運よく焼け残った二階建ての元商人宿で、それを急拵えの小さな木賃アパートに改造し、戦後三年目だというのにまだ解消しない住宅難に喘ぐ人たちを受け入れている。焼け残った建物は、外壁全体が煤け、ところどころ錆びたトタン板の部分もあり、なんとなく、悲しい傷痍軍人を思わせるような姿で立っている。

それでもこの建物が秋のおだやかな光にすっぽりと包まれるとき、住むところもなかった人たちにようやく暖かく平和な暮らしを与えてくれる安らぎの宿のように感じられる。

商人宿だったからもとは六畳や八畳の和室が主だったのを、どれも板敷きにして、ベニヤ板で仕切って四畳半や三畳にして部屋数を増やした。通路となる廊下をつけ、それぞれの部屋には腰高窓とドアをつけ、見かけは個室らしくした。

共同炊事場と共同便所は一階、二階それぞれについている。上下階合わせて八世帯。急拵えの粗末な部屋であっても一応自分だけの城がもてるのはなによりだし、駅六分、マーケットもあって便利だから、部屋を退去する人がいると、待ってましたと入室する人があり、いつも満室である。

二年前、満州から帰国した直後のキクエ母娘は山梨県の親戚の家を頼ったが、三か月もしないうちに、息子が復員して手狭になるからすぐ出てほしいと言われた。キクエが関節リュウマチで歩くのも辛がっていることを承知しているはずなのに、情け容赦もなかった。母娘は、仕方なく、もと住んでいた東京に出て、安い家賃と便利のいいこのアパートをやっと見つけたのである。四畳半だが母娘に文句はなかった。

それに大家で管理人も兼ねている柏トミが好人物である。同世代のキクエが戦争未亡人の引き揚げ者である上に、リュウマチを病んでいることに同情して、何かと親切にしてくれる。

彼女の最たる親切は、電話の取り次ぎをしてくれることである。これはアパートの他の住人たちには絶対に内緒である。このあたりで電話をもっているのはトミしかいない。今どき個人が電話を引こうとしても、申請して二、三年はかかると言われている。それでもトミは知り合いの有力者のつてで、アパート経営にはぜひ必要だからと頼み込んで、特別早く設置してもらったのである。このことが他の入居者に知れると、われもわれもと電話を利用したがるにきまっている。それでは煩わしくてやりきれないから、入居者のだれにも電話の利用を固く断わっている。緊急のときぐらいは取り次いでくれてもいいだろう、と、ねばる入居者もいるけれど、緊急という意味にもいろいろあってややこしいから、一切やらない。それが厭ならどうぞお引き取りを、と強気で突っぱねると黙ってしまう。住宅難の現在、他に駅至便の安アパートを探すことは至難だから入居者は弱気なのだ。

それなのにトミが、吉野キクエ母娘だけを秘密で特別扱いをするのは、まず何よりも母子の礼儀正しさや誠実さ、ことに春子が共同炊事場や便所などが汚れていれば、当番でもないのに黙々と掃除をやってくれるような善い娘であることが気に入ったからだし、母のキクエも元気なときやっていたという洋裁の腕があって、針をもつのが苦手なトミが、ちょっとした洋服の直しを頼んでみると、快く無償でやってくれた。これからもときにはやってもらえるかもしれないというトミの計算もある。

娘の春子は女優木暮実千代の家で通い女中として働いているのだが、たまには雇い主の都合で泊まりこみを要求されることもある。そんなとき春子は、母に、今晩帰れないと電報を打たねばならなかった。

トミがそのことを知って同情し、吉野母娘に限って電話の取り次ぎを認めたのだ。そんな不公平は大家としてやってはいけないことだから、絶対秘密である。

今日の午後もそうだった。キクエがアパートの裏手の、入居者たちに割り当てられている物干し竿から洗濯物を取り込もうとしていると、トミが足音を忍ばせて近づいてきて、キクエの耳許に口を寄せて囁いた。

「春子ちゃんから電話よ」

「あら、そうですか。いつもすみませんねえ」

キクエもあたりを気にし、小声で礼を言い、トミのうしろから電話のある部屋についていった。

トミの部屋の玄関には、白いペンキの剝(は)げた縦に細長い靴箱が置かれていて、その上に黒い電話機がピカピカと荘重に鎮座している。

親切である分、好奇心も強いトミは、電話しているキクエの近くを離れずにウロウロして、それとなく耳をそばだてる。女優の家という、ふつうには想像のつかない特殊な家庭の内情を、電話を通してうかがい知りたいという興味に勝てないのだ。

だがキクエは、外されている受話器をそっと取り上げ、耳に当て、「もしもし、春子? あ、そう、わかった」と、ひどく低く、短い言葉を発するだけで、余計なことは一切言わない。

トミにはそれが物足りなくて、そっと受話器をもとに戻すキクエについ聞いてしまう。

「春子ちゃんは、今日もまた、お泊まりなの?」

「ええ」

「通いの女中さんなのに、近ごろお泊まりが多いんじゃない？　人使いの荒い家ね」

「ええ」

　キクエはトミの好奇心が満たされていないことを察知して、少しだけ情報を加える。

「坊ちゃんが熱を出すと、薬も食事も、春子じゃないと厭だと言うし、夜も春子がいっしょにいてくれないと寝ないと言って、駄々をこねるんだそうですよ」

「春子ちゃん優しいからね。その子、一人っ子？」

「ええ、そうらしいです」

「甘やかしすぎよ。先が思いやられるわね」と、トミは女優の家の躾けにまで口を出し、「で、木暮実千代の旦那は何してる人？」などと、少しずつ女優の私生活に迫っていく。

「さあ。それはわたしにもよくわかりませんが」

　娘の主家の内情を他人に漏らさないのが礼儀だと心得ているキクエは困惑する。

　その表情を見て、さすがにトミは、自分が詮索しすぎたことに気づき、言い直す。

「でもまあ、春子ちゃんも泊まり込みが厭だなんて贅沢言っていられないわね。当節、仕事があるだけでもいいと思わなきゃね。クビになっちゃ元も子もないんだから」

「はい、わたしもそう思っています」

　キクエは電話を取り次いでもらったことに何度も礼を言って、トミの部屋を出た。

　外はもう陽が斜めに傾いて、古ぼけた建物を力なく照らしている。

トミに言われるまでもなく、キクエも春子の泊まりが増えていることに気づいている。このところ母娘の間で意見が合わない問題があって、そのことに嫌気がさした春子が母を避けているのではないかと思うこともある。

問題というのは、キクエが孤児院にいる逸見猶吉の末っ子、今は四歳になったユージ（雄示）を手元に引き取りたいと言い出したことである。春子は呆れ、猛反対し、

「お母さん気は確か？　一体どこを探したらうちによその子どもを引き取る余裕があるの」

「よその子だなんてよく言うわ。満州で、あんたが弟のように可愛がった逸見さんちの子じゃないの。お兄ちゃんたちが養子になってそれぞれの家に引き取られていってしまったのに、あの子だけが孤児院に取り残されて独りぼっちなのよ。放っておけないじゃない」

「そりゃあわたしだってかわいそうだと思うけど、いくらそうでも、わたしたちは何もできない。第一、お母さんがその不自由な体で、チョロチョロ動き回るユージの世話なんかできるはずがないでしょ。夜は寝かせる場所もない。ミシンの上にでも寝かせる気？」

「今どき四畳半に三人の家族が住むなんてことめずらしくないよ。なんなら夜はわたしが抱いて寝ればいいいし、食事はわたしたちの分を分け合えば、飢えさせることもないと思う」

「呆れた。ユージがいつまでも四歳だと思ってるの？　すぐに大きくなるのよ。期限つきならまだしも、期限のあてもないまま引き取るなんて絶対無理」

「大丈夫。なんとかやれるわよ」

「強がり言ってもだめ。わたしたちがちゃんとした施設以上の面倒を見られるわけがない。お母さんは甘いのよ」

「あんたこそ甘い。むかしから孤児院の子はむごい目にあわされるって言うじゃない」

キクエは明治末期生まれの人間だから、孤児院や養老院は牢獄のようなものという噂話を信じている。日ごろ常識的で堅実に物事を考える母親が、春子には、このときばかりは無知で頑迷な時代遅れの人間に感じられ、

「それはむかしの話。今は違う。施設にいれば少なくとも寝るところと食事が保証され、病気になれば医者に診てもらえるのよ。親切ないい寮母さんもいるのよ」

「いい寮母さんばかりとは限らない」

と、言い合いになった。だが、キクエが冷静になって考えれば、春子の言い分が正しいことは確かだった。

この部屋の家賃だって千五百円かかる。春子の給料が三千円、キクエが痛む手をかばいながら、ときおり頼まれる洋裁の内職をやっても絶対千円には届かないというのに、預かった子どもがどんどん大きくなって教育費もかかるようになればやっていけない。

感情に任せて引き取ってはみたものの、やはり養えなくなったからといってだれに返すことができよう。あっちこっち引き回しては小さな子の心をズタズタに傷つけるばかりだ、と、言う春子にキクエは一言も返せない。

春子は十六歳で母とともに満州から引き揚げてきた。少女にしては過酷すぎる体験をし、帰国してからは他人の家で働くという苦労をしている。そんな境遇にもめげずに、彼女はしっかりした目標をもっている。病身の母を生涯支えられるように、自立できる看護婦になるのが夢だ。そのため看護学校に入学したいと考え、月に百円、二百円と、コツコツ貯金もしている。

そんな春子が母親を諭す言葉は堅実で現実的で説得力がある。

「第一、ユージの親戚の人や施設の人が、赤の他人のお母さんを信用して子どもを渡してくれると思う？　いくら満州の社宅で逸見猶吉さん一家と仲良しだったと言い張っても、そんなことは何の証拠にもならない。下手すれば子どもを食い物にする悪い奴だと思われて米穀通帳を渡してくれないわ、きっと」（米穀配給通帳は戦中戦後の一時期米の配給を受けるためと、身分証明も兼ねる通帳として農林水産省から発行されていた）

春子の言葉はすべて正しいから、キクエはそれ以上何も言えなくなって黙る。

春子はそれで母を説得しきったと思っていた。

しかし数日後、気忙しく出勤の準備をしている春子に、キクエは切り出したのである。

「ねえ、春子、わたし、ユージに、一目でも会いたい」

「会ってどうする気？　ユージはお母さんのことなんかもう覚えてないわよ」

「そうかもしれないけど、わたしにとっては、息子のようなユージよ」

「だからって……」春子は少し苛ついて、「会ってどうするのよ。第一簡単に会えないよ」

「だからその前に猶吉さんの弟の大野五郎さんという人に会って、ユージに会わせてもらえる方法を聞きたいの。あんた大野五郎さんに連絡をとってくれない？」

「なに言ってるの。わたし、その人を直接知らないし、住所も知らないわ」

「住所なら、ご隠居様に教えてもらえばいいじゃない。ご隠居様はその人にお金を送ったんだからわかるはずでしょ？」

「気安く言わないで。わたしがご隠居様にそんなことを聞くなんて、できない」

「どうして？　ご隠居様はあんたのことを家族同様に扱ってくださる、と、いつも言ってるじゃない。教えてくれるわよ」

「家族同様と言われても図に乗らないように、って、お母さんこそ、いつも言うくせに」

「そうだけど、事と次第によっては、ご隠居様のご好意にすがってもいいと思う」

「お母さん、よく聞いて。子どもたちと血のつながりのある旦那様でさえ何もしようとしないのよ。そこへ他人であるお母さんが出過ぎた真似をしたら、まるで旦那様の不人情に当てつけているみたいに思われるわよ」

「会うだけなのに？」

キクエは心外そうに目をパチパチさせた。春子はだんだんと声を大きくして、

「わかってないなあ。ご隠居様が五郎さんにお金を送ったことさえ内緒なのよ。まして他人のお母さんと五郎さんがユージのことで内密に相談するのが旦那様にバレたら、たいへんなこと

になる。わたしの立場もなくなって、きっとクビになるわ」

「クビ？」

「そう。クビになったらわたしたち暮らしていけないよ。さあ、わたし、もう行かなきゃ」

春子は、出勤間際に、こんな難しい話を持ち出す母に腹を立てながら、すごい勢いで家を飛び出した。以来母娘の間がギクシャクして、春子が母を避け、「お泊まり」を多くしているようにキクエには思えた。

ところが、二、三か月ほどしてから春子の態度が急に変わった。

「ユージを引き取る方法を考えましょう」と、突然言って、キクエを驚かせたのだ。

「おや、おや、急に風向きが変わったのね。うれしいけど、お屋敷で何かあったの」

春子はしばらく言葉を探していたが、やがて説明しはじめた。

「特別に何かあったわけじゃないけど、坊ちゃまのわがままを見て、わたし急に思ったの」

「どんなわがまま？」

春子は前々から、奥様もご隠居様も坊ちゃんに甘すぎて、これではかえって坊ちゃんのためによくないと思っていたという。お泊まりするたびにそういう思いが強まった。たとえば……

「この間の夜中のことだけど、オネショをした坊ちゃんが濡れたパジャマのままいきなりわたしのふとんに潜り込んできたの。わたしが、ヒャーと大声を出して起き上がり、駄目でしょ、濡れたパンツくらい自分で脱ぎなさい、と叱りつけると、突然坊ちゃんが大声をあげて泣くの。

それが聞こえたらしく、ご隠居様がすっ飛んできて、泣く坊ちゃんを見て、春ちゃん、篝一郎はまだ四歳。お漏らしぐらいするわよ、泣かせるほどのことじゃない、とわたしを怒るの。そこへ奥様までやってきて、おお寒かったでしょ、かわいそうに、体がすっかり冷えているわ、なんて抱きしめる。わたしはすっかり憎まれ役。でも、こんなふうに寄ってたかって甘やかすから、この子のオネショがいつまでも治らないのだと思った」

「うん、うん」

「そのとき、わたしは急に施設にいるユージのことを考えたの。あの子も坊ちゃんと同じく四歳。やはりオネショをするだろうけど、そんなときだれが着替えをさせてくれるんだろうって。優しい寮母さんでも、夜中に起きて始末してはくれないだろうから、ユージは一晩じゅう濡れたままの下着で我慢しなければならない。意地悪な寮母さんなら朝になって、鼻をヒクつかせながら、また、ふとんを汚したね、この子は、とか言って、ユージを叩くかもしれない。片や家中の人にかしずかれて育てられる坊ちゃんと、片や親のないみじめなユージと、同じ四歳でもこの差は何だろう。不公平すぎるのではないかと思った。そして一体、だれがユージをこんな目にあわせたのだと思うと、無性に腹が立った。悪いのはだれだ。いくら考えてもだれが悪いのかわからないの。少し落ち着いてから、わたしは、見えない悪者に怒っていても何にもならない。それよりわたしとお母さんが、ユージが受けている不公平を埋め合わせてあげるのがなによりではないかと思ったのよ。だからね、お母さん。せめてユージがオネショしなくなる、学校へ上がるころまで預かることにしましょうよ」

ついニ、三か月ほど前までは母親の言い分を無分別、無責任ときめつけていたくせに、そんなことも忘れたように春子はキッパリと言う。キクエは娘の純な気持ちがうれしく、涙ぐんだ。

「あんたはやっぱり優しい子なのね。きっと猶吉さんも静さんも喜んでくれるわよ」

二人の名前を聞いた途端、春子は、この二年間封じ込めていた満州の思い出が一気に溢れ出るのを感じた。

2

春子とキクエの母娘が、逸見猶吉一家と「満州生活必需品配給会社」の社宅で親しくなったのは、昭和十七（一九四二）年春ごろからであった。キクエは夫が北満で戦死したあと、内職の洋裁だけでは食べていけず、夫の旧友の厚意で満州生活必需品会社の事務員の職を得、その社宅に住めるようになった。逸見猶吉一家はそれより三年ほど前から社宅に住んでいた。

一階と二階に住む二つの家族は、キクエと猶吉の妻静がほぼ同年齢のためかすぐ親しくなった。キクエの結婚は早かったので、当時、一人娘の春子はもう十二歳になっていたが、静には小児麻痺に罹っている六歳の二女真由子をかしらに（長女は亡くなっていた）、三歳の長男隆一、通称ロンちゃん、この年生まれたばかりの次男裕史のどれも手のかかる幼い子どもたちの世話で大忙しだった。雄示は昭和十九年生まれだからまだ生まれていない。

世話好きで万事によく気のつくキクエと、おとなしくておっとりとした静は、性格は違うのに気が合い、たちまち姉妹のように頼り合って過ごすようになった。

逸見家の主人猶吉は満州生活必需品会社のちゃんとした正社員だが、十二歳の少女春子の目には、いつも変てこりんなヘルメットみたいな帽子を被っている、髭面の大男の怪人に見えた。キクエに言わせると、まるで中世の騎士みたいなのだそうだ。

彼は会社員だが詩人でもあるという。まだ三歳の長男隆一がませた口調で自分の父のことをヘンキチと呼ぶことがあった。どうしてヘンキチなの？　と春子が聞くと、「変な逸見猶吉」の略称で、猶吉自身がつけたあだ名であり、彼はこう呼ばれるのを喜ぶのだと言う。春子も、その名前はおじさんにピッタリだと思い、彼をヘンキチさんと呼んで母に叱られた。

彼の本名は大野四郎だが、キクエと春子はふつう通称の逸見猶吉のほうで呼んでいた。

逸見家の子どもたちと春子は、年の差があるのにきょうだい同然になった。

春子は生まれたばかりの次男裕史をよくあやしたり、抱いたり、背中に負ぶって散歩した。お守りをしてあげると、きまって母の静は言った。

「春子ちゃん、お守りをしてくれてほんとに助かったわ」

「ヒロシちゃんはわたしの弟みたいな気がするの」

それは本音であった。父が戦死し、母娘二人きりになったさびしい生活の中で、にぎやかなかしれない。

逸見一家と仲良くして、子どもたちにお姉ちゃん、と慕われることで春子はどんなに救われた

　ヘンキチおじさんも春子を可愛がって、「うちの子になれよ」とよく言ってくれた。

　彼はたいへん子煩悩で、子どもたちが何をしても叱らなかった。特に家にいるときは、長男のロンちゃんとすもうをとったり、自分が子どものころやった遊びを教えたりして、子どもより自分のほうが夢中になっているように見えた。

　ロンちゃんは幼いうちから賢い子だった。母の静も長男への信頼が強く、何をするにもロンちゃんを一人前扱いした。ロンちゃんもその期待に応えるかのように、よく母の手伝いをした。

　猶吉はいつも浴びるように酒を飲んでいた。彼が大酒のみであることは、結婚前からわかっていたので今さら驚かないという静だが、キクエ母子が社宅に入って一年ほど過ぎたころから、しきりに夫の健康が気になりはじめたらしく、キクエにこんな相談をした。

「最近、猶吉は痩せてきたし、変な咳もするのよ」

「思い過ごしじゃないの。とても元気そうに見えるわ」

「色が黒いから元気そうに見えるけど、その黒さが青味がかって不健康な感じなの」

「大丈夫よ。あの体だもの、病気のほうが逃げ出すわ」

　キクエはそう言いながらも、日ごろ気にしていることを言った。

「でもあんなに毎日お酒を飲むのは体に悪いことは確かかね。少し奥さんから注意したら」

「わたしだってそれとなく注意するんだけど、馬鹿言っちゃいけない。酒は万病にきく消毒薬だって取り合わないの」

「じゃあ、ロンちゃんに言わせなさいよ。あの子は賢いからうまく言うわよ」

そこでロンちゃんの出番となった。彼が母親からこっそり指図されて、「お父さん、あまり酒を飲みすぎないでね」と、たどたどしい口調で意見すると、猶吉は、相手が子どもでも無視したりせず、わかった、わかったとうなずき、たった一日だが、酒の量を減らしたことがあった。猶吉自身にも体調を気にしはじめたような気配はあった。

静によると、それは昭和十八年一月に猶吉が親友の仲賢礼（なかよしのり）（筆名木崎龍）の見舞いに大連まで行ったころからだという。そのとき彼は、ひどく憔悴して帰ってきた。

仲賢礼は彼より四歳年下の詩人で、結核のため胸、腸、咽頭までもやられ、見るも悲惨な瀕死の状態だった。猶吉が見舞いから帰ると追いかけるように彼の訃報が届いた。

そんなある日、静は夫が珍しく医学書を調べているのを見て聞いた。

「何か気になることがあるんですか」

「なに、おれのことじゃない。仲賢礼が肺病で亡くなったので、肺病というやつのことを調べようと思ったんだ」

頑健な猶吉は自分の健康の不安を妻に一言も言ったことはないが、仲賢礼の死がよほど彼に結核の恐ろしさを感じさせたのではないか、と、静は思った。のちに彼女は夫が『満州藝文通信』に書いた仲賢礼への追悼文を読んでなおさらその感を深めた。
「……ほんとうは何も言いたくないのだ。その日の詳しい記憶をここに書くことはつらい気がする。きみ（賢礼）はもう声も出ないで静かに横たわっていた。二言、三言やっと聞き取れる声で言ったことも忘れられない。二人は眼だけで合図するように解り合った。……その晩の夜汽車で僕は新京に帰った。汽車の中では看病に疲れている美しい奥さんやお母さん、そして生まれて間もない可愛い君の子どものことばかり気になっていた。だんだん遠ざかっていく風景のようでたまらなく、これが人世（じんせい）ではないかと自分に悲しく言ったりした……」

静は夫と友人仲賢礼の間にどんな結びつきがあったのか詳しくは知らない。だから、「ほんとうは何も言いたくないのだ」という言葉の奥の意味もわからなかった。それでも仲賢礼の死が、夫に精神的に大きな打撃を与えたらしいことは確信できた。

さらにそのころ、別の詩友野川隆も肺病で苦しんでいた。野川は思想上のことで検挙され、投獄されて重い肺病に罹り、入獄後、病はさらに勢いを増した。出獄したときはほとんど絶望的な状態だった。それやこれや、肺病に傷めつけられる友人たちの悲惨な様子を見て、猶吉は、もし自分も重い肺病になったら家族はどうなるだろうと、不安になりはじめたものと見える。特に小児麻痺の次女真由子のことが心配だったようだ。

彼の健康について『満州浪曼』の親友北村謙次郎が、「逸見猶吉追悼号」で証言している。

そのころ猶吉は健康と病的が相半ばし、快活と憂愁とがまた相半ばしていた。（中略）彼は、五年ほど前赤痢になった時、医者にもだれにも告げず、家にあるありったけの薬を全部飲んで一人で治してしまったと言い、ポケットから一袋の薬袋を取り出して「こういう薬を飲んでいる」と示したのは健胃固腸丸だった。彼はまた子どもや他人の病気には一かどの意見を言った。だれかが子どもの病気を訴えた時、それには少量のアルバジルがいいと言い、アルバジルは子どもに危険だと言う相手に、ほんのこれほどだよ、と、小指の先で量を教えてやった。彼の健康を疑うものはだれもいなかったが、その健康の陰には常に、かくのごとく押さえられ、圧搾された不健康が潜んでいたことは見逃せない。彼が報道隊演習に引っ張り出された時、報道部士官の講演中に卒倒したという噂があるが、彼の健康には危うくするとそんなことになりかねない不吉なものがいつもちらちらしていた。……

ちょうどそのころのことだった。三月のある日、たまたま二階から降りてきた春子が、逸見家の長男のロンちゃんが、父親に向かい、「ひどいよ、ひどいよ、なんで黙っていたんだよ」と言いながら小さなこぶしで父の腹のあたりを叩いているのを見た。父子の側には、二人を仲裁しかね、途方に暮れたような静が突っ立っている。

ドアが開いたままなので、春子が思わず中をのぞきこみ、少女の無遠慮さから、「ロンちゃん、どうしたの」と訊ねた。すると猶吉はあわてた様子で、「なんでもない、なんでもない」

と言い、春子を押し出すようにして、ドアをピシャリと閉めてしまった。

その日の夕方、勤めから帰ってきた母に春子がその光景を話すと、キクエは、

「ドアが開いていても、よその家の人の話に口を出すなんてとても無作法なことよ」

と強く娘を叱ったあと、しばらく考えこんでいたが、

「もしかしたら放送のことかもしれないね」と呟いた。

「放送って？　何の？」

「今日は会社で、逸見猶吉さんの詩の放送の話でもちきりだったのよ」

「へえ、ヘンキチさんが放送で何を話したの？」

「詩を朗読したのよ」

「どんな詩？」

「なんとも言えない勇ましい詩。佳き日なり、戦わんかな、戦わんかな、それを何回も繰り返して、断じて、米英を許さじ、断じて許さざる決意を固めん、だって」

キクエはそう言って眉間に皺を寄せ、頭を振った。どうやら詩が気に入らない様子だった。

「戦わんかな、なんて、勇ましくていい言葉じゃない、わたしも聴きたかったなあ」

女学生になったばかりの春子は、学校での軍国教育が行き届いていて、いっぱしの軍国少女だった。自宅にラジオがない春子は、猶吉の放送のことを知っていれば、友達の家にでも行って聴かせてもらったのにと、悔しがり、ロンちゃんもそうだったのなら、彼が怒るのも無理は

ないと思った。

「でも、まさか、ヘンキチさんがラジオに出るような有名な詩人だとは知らなかったわ」

「そうね。会社でも弘報課長の大野四郎さんが詩人だと知らない人が多いから、もうたいへん。わが社にそんな人がいたとわかって、みんな興奮して拍手したわ」

「お母さんも拍手したの？」

あまりうれしそうでないキクエの表情が気になって、春子が母を見つめると、キクエは力ない声で、わたしは別に、と言葉を濁した。その様子から春子は、戦争未亡人のキクエが、いくら仲がよくても〝戦わんかな〟などと叫ぶ詩人を手放しで褒められない気持ちでいることを悟った。世間には夫を国に捧げたことを誇りに思っている妻が多いようだが、自分の母はそうでないことを春子はこれまでの彼女の言動からうすうす気づいている。

二、三日して、キクエが静かから聞いたところによると、ロンちゃんの怒りはやはり父の放送のことだった。詩の内容など幼い彼にはわかるはずもないが、ただ、父猶吉がラジオで詩を朗読することも、放送当日の日程なども一切、家族に知らせなかったことへの抗議だった。ロンちゃんは、その時刻が過ぎてから、社宅の遊び友だちにこのことを聞かされ、急いで家に駆けこみ、踏み台に上り、タンスの上のラジオのスイッチを入れたが後の祭り。母の静でさえ知らされていない放送だから、ラジオのスイッチは切られたままだった。

ロンちゃんは父の晴れの声を聞き損ねた悔しさに怒って、父を責め立てたのである。

猶吉は妻と息子にペコペコ頭を下げて謝ったという。

「あんなしょうもない詩は聴かないほうがよかったんだ。次はもっとましな詩を放送するから、今度のことだけは勘弁してくれ」

こういう話を静から聞いたキクエは、彼女自身も安心したように苦笑いして、

「よかった。猶吉さんがあの詩を得意満面で朗読したんじゃないことがわかって。しょうもない詩と自分で言うからには、戦争はよくないということは承知の上なんでしょう」

「自分でしょうもないという詩をなんで放送したのかしら」

春子がふしぎがると、キクエは、だれかに命令でもされたんじゃないの、と言った。

それはともあれ、春子はせっかく放送された逸見猶吉の詩を聴き逃したのが返す返すも残念でならない。親戚のようだと思っていた猶吉おじさんに裏切られた気がした。

春子はその次の日、階段で出会った猶吉に思わず文句を言った。

「おじさんが詩を朗読すること、どうしてわたしたちにも教えてくれなかったの。ひどいわ。知っていれば、朗読したのは、同じ社宅のおじさんだよ、って、友達に自慢できたのに」

猶吉はびっくりしたような顔をして、顔を赤くして抗議する春子を見つめ、ロンちゃんに弁解したのと同じことを言った。

「あんなしょうもない詩は聴かないほうがよかったんだよ」

「でも無責任じゃない。自分で作った詩をそんなふうに言うなんて」

「うーん、その通りだよな。でも、大人にはいろいろわけがあるんだよ。勘弁してくれよ」

それでも怒りを解かない表情の春子に、彼は機嫌をとるようにつけ加えた。

「きみには今度、もっといい詩を聞かせるよ」

「ほんとうに？」

猶吉はその約束を破らなかった。

数日後春子が逸見家に呼ばれて行ってみると、猶吉はめずらしく酒を飲んでおらず、静がいれたお茶を苦そうに飲んでいる。猶吉とお茶の取り合わせはなんだか変だった。

「まあ座りなよ。いい詩を朗読するから。おれが作った詩じゃないけどさ」と彼は言った。

春子の横にロンちゃんも行儀よく座った。静も赤ん坊を抱いて座り、夫の自慢をした。

「うちの人は暗記力がいいの。日本の詩でも西洋の詩でも、気に入ったものがあれば几帳面に記録して、片っ端から覚えるの。わたしも結婚したころはよく聞かされたわ。ノルマンディの麦打ち歌とか、安南人の詩だとか、勝手にふしをつけて歌うこともあったわ」

「余計なことは言うな」

猶吉は照れながら妻を制し、一つ、咳払いしてから、低い、よくひびく声で暗誦を始めた。


立春正月の節。雪が一尺以上も降りますと、まだ寒うございますからなか〳〵解けません。

子供などがその雪を二坪ぐらゐ片付けまして、エサを撒き置きまするると、二日も三日も餓ゐて居る小鳥が参ります。其所へ青竹弓でブツハキと云ふをこしらへ、餌をあさるを待ち受け、急に糸を引きますると、矢がはづれ青竹弓がはづれまして、雀や鳩が一度に三羽も五羽も取れました。また雪を除き餌をまきたる所へ麦篩を斜にかぶせ、細き竹に糸を付け、小鳥が餌にうゐて降りるを見て糸を引きて取る。一羽二羽は取れ申候……

朗読のほんの序の口で、春子がすっとんきょうな声を上げた。

「おじさん、それって詩なんですか。切れ目がなくてふつうの作文みたい」

猶吉は、優しく穏やかに答えた。

「その通り。これは詩じゃない。明治の終わりごろ、栃木県の一人の農夫が語った村の風景なんだ。それを別の人が文章にまとめた。あまりに美しい文章なんで、おれは詩だと思って心に刻んだ。君もそう思って聞いてくれ」

ちなみにこの文章は、昭和三年に『田中正造之生涯』を出版した木下尚江がつづいて書いた、『政治の破産者・田中正造』という本の中に収められている。旧谷中村の一人の老いた農夫が訥々と語ったものに木下が「渡良瀬の詩」という文学的な題名をつけたらしい。

学生だった猶吉は、この本が出版されるとすぐに買って読み、その中で発見した文章だという。

父がどんな詩を読んでくれるのかと、ワクワクしながら待っていたロンちゃんは、予想外の文章を聞かされてすぐ退屈したようだ。満州で生まれ育った彼にこの文章の中の情景などわかるわけがない。春子だって同じようなものだが、女学生であるだけに、ロンちゃんより想像力を働かせて、耳を傾けた。

清明三月の節になりまするると、藪の中や林の縁に、野菊や野芹（のぜり）や蕗（ふき）や三つ葉うど抔（など）が多くありました。川端には、くこ抔と申すが多くありました。三月の節句に草餅を舂（つ）きまするに、蓬（よもぎ）が多くありまして、摘みましたものでござりますが、（中略）桜の花の盛りをマルタ魚の最中とし、梨の花盛りをサイのしゅんとして渡良瀬川へ川幅一杯に網を張り通し、夕暮五時頃より、翌朝六七時までに、魚が百貫以上も取れました。……

ロンちゃんは聞きつづけることに辛抱しきれなくなり、黙ってどこかへ遊びにいってしまった。春子も少々飽きたが、我慢して聞いているうちになんとなくうっとりしてきた。猶吉の低い声がいい上に、文章も心地いいのである。

彼女の生まれは東京だが、物心ついたころにはすでに満州に住み、雄大で凛冽な自然になじんでいる。しかし満州の四季の変化は単調だから、文中に出てくるような、自然に生えている野草を摘む感覚の微妙さなどはぜんぜん理解できない。それでもセリやヨモギっていい匂いがするんだろうな、などと想像すると楽しくなる。

「おじさん、栃木県ってきっといいところなのね」と、春子が途中で感想を述べた。

「そうとも、おれはそこで生まれたんだよ」

猶吉は胸を張り、さらに、低く、のびのある声で文章を読みつづけた。

> 小満四月、中の節。（中略）卯の花も咲きませぬ。蟷螂(かまきり)や、けら、百足(むかで)、蜂、蜘蛛等が夥(おびただ)しく居りました。土蜘蛛と申しまして木の根や垣根などに巣の袋をかけて置きましたが、鉱毒地には、只今(ただいま)一切居りませぬ。（中略）鉱毒の為(た)め野に鼠も居らず、虫類も無く、魚類も少なき故なるべし……

最後の締めくくりがなんとも悲しく感じられる。

「おじさん、鉱毒ってどういうもの？」

待ってました、とばかり猶吉は、足尾銅山鉱毒事件のことを詳しく熱っぽく語りはじめた。

「ふーん。鉱毒ってずいぶん悪いものなのね」

春子は深刻な気分になった。

「そう。とても悪いものなんだ」

「今、その村はどうなってるの」

「村はもうない。だけど、おれは家族をいつかそこへ連れていきたいと思っている。そのときは春子ちゃんもいっしょにおいでよ」

「きっとよ。おじさん、連れていってね」

そう言いながら春子はふしぎそうに猶吉を眺めた。鉱害に破壊された故郷の村を忘れないで、物悲しい「渡良瀬の詩」を愛する猶吉と、勇壮な「戦わんかな」の詩を書いて放送する猶吉は同じ人には思えないのだ。どちらがほんとうの猶吉おじさんなのかしら、と思った。

昭和十九年四月に、猶吉の三男雄示が生まれた。春子は、ユージのお守りをするようになった。極端な食糧不足で静の乳の出が悪かったせいか、ユージの発育が遅く、みんなが心配したが、それでも確実に成長し、誕生日ごろには歩くようになった。

昭和二十年三月、終戦のわずか五か月前のことだった。

猶吉が、菊地康雄、木山捷平、北村謙次郎、楳本捨三らの五人で航空文学会を結成し、同人雑誌を出そうとしていることを、キクエは静から聞いた。

「よくもこんな時期に同人誌なんか、と思うけど、もうこれ以上戦争のことに振り回されず、純真だった子どものころの飛行機好きの気分を取り戻したいんじゃないかしら。おれがその表紙絵と文字を担当するって、張り切ってるわ」

と、静は呆れ顔をしながらも、夫に優しい理解を示した。キクエは静の言外に、彼ら夫婦がもはやこの戦争の終末を見越しているように感じた。

猶吉は百枚の長詩「飛行篇」の構想を立てた。雑誌を出すには用紙割り当てを受けねばならない。時節柄、文芸誌発行のための紙の割り当てなど許されないだろうと思われたのに、雑誌の名称が『飛天』であることに好感をもった満州軍航空隊の計らいで許可された。

しかも望外のおまけつきだった。航空隊から、『飛天』の同人なら一度くらい本物の戦闘機に乗る機会を与えてもいいと言ってきたのだ。ただし、一人だけと言う。

だれもが乗ってみたかった。特に、猶吉がこんな機会を与えられて興奮しないはずがなく、真っ先に手を挙げた。仲間もその特権を彼に譲る気だったようだ。

ところが、じっさいに乗機の許可が下りる日を待っているうちに、彼は急に飛行機には乗らないと言い出した。その理由は、息子たちが止めるから、というのである。

いかに子煩悩とはいえ、自分自身が子どものように飛行機好きの猶吉が、息子たちの反対を聞き入れてやめると言うのに、仲間たちは驚き、奇異にも思った。

静からその話を聞いたキクエも首をかしげた。息子たちといっても、次男のヒロシはまだ三歳で、活発な彼はむしろ羨(うらや)ましがって、お父さんが乗るならぼくも乗せて、と言うだろうし、三男ユージはまだ赤ちゃんだ。とすると、父親が飛行機に乗るのを止めたのは長男のロンちゃんしかいないことになる。

ロンちゃんはお父さんに、あまりお酒を飲まないでね、と注意するような利発な子どもだけど、やっと六歳になろうとしている彼に、戦雲ただならぬ空を遊び心で飛行しようとする無鉄砲な父を制止するほどの知恵があるだろうか。妻の静がひそかに長男に言わせたのなら理解できるが、彼女はそんなことを長男に言わせていない、と、はっきり否定した。

「でもね、あの人は、せっかく飛行機に乗れる機会を逃したのがよほど残念だったらしくて、その後も未練がましく飛行場のあたりをうろついていたのよ」

「へえ、そうなの」

キクエたちは、飛行機のことなどどうでもよくて、それきり忘れてしまった。

そのころ関東軍はあらかたの師団を南方へ移動させ、新たな師団編成をはじめるために在満男子に召集をかけた。

昭和二十年八月、十五日には終戦となる、まさにその直前に、三十八歳の猶吉に召集令状がきた。そのとき彼は長男ロンちゃんをおぶい、小児麻痺の真由子を胸に抱いて、召集入隊受付所へ行った。

妻の静によると、その日は、真由子が猶吉のあとを追い泣きわめくので、猶吉が娘を抱き上げていっしょに連れていこうとした。それを見ていたロンちゃんが、ぼくも行くと言う。猶吉は拒まず、そうか、と言って息子を伴ったが、ロンの足は遅すぎて歩きにくいと、ブツブツ文句を言って息子を背におぶった。

静は止めた。子連れで受付所へ行って同情を引き、入隊免除をねらうような夫でないことはよくわかっているけれど、それはみっともないことだと思ったのである。

しかし猶吉は妻の言うことに耳を貸さず、二人の子どもを連れて出かけていった。

係官は二人の子連れの彼の姿を見て、即刻召集解除をした。

あとになって静は、笑いながらキクエに明かした。

「あのときロンちゃんは、お父さんのつき添いのつもりだったのよ。やせ衰えて咳きこんでいるお父さんがヨロヨロと真由子を抱いて出ていく姿が、子どもも心に危なっかしくて見ていられなかったのよ。自分がおんぶされているくせに親のつき添いだなんてよく言うわね」

猶吉が二年ほど前から恐れ、抑え込んでいた肺の病が、このころには現実に牙を剝きはじめ、栄養失調が加わって、いっそう衰えが募り、だれの目から見ても病人に見えた。

猶吉は会社にも行けなくなり、寝ながら執筆だけはつづけていた。寝ている彼の枕元を、やっとヨチヨチ歩けるようになったユージを見て「こいつだけが元気だな」と微笑を見せた。

逸見猶吉は昭和二十一年五月十七日、死去した。享年満三十八。

彼は家族と数人の詩人仲間に見守られ、草原で石油をかけられて焼かれた。

そのとき長男のロンちゃんは母にしがみついて泣いたけれど、下の男の子二人は何もわからず、花火でも見るようにはしゃいでいた。小児麻痺のマユタンは静の腕の中で、燃え上がる炎を美しい瞳で見つめていた。

簡単な葬式には、どこから現れたのか和田日出吉夫妻が参列した。そのときみんなは、和田夫人の喪服姿の美しさに圧倒された。日出吉は正妻を日本に残して単身赴任をしているはずだったのに、いつのまにか妻を離縁し、ある元女優と再婚していたのである（まさかのちに、春子がその和田日出吉と木暮実千代夫妻の女中として仕えることになろうとはだれも知る由もない)。

　夫の死から二か月後、静は、知人に導かれて義兄和田日出吉の隠れ家を訪ね、いっしょに日本に連れ帰ってほしいと頼んだ。だが、冷たく断わられた。その話を聞いたキクエはカッとなって叫んだ。

「身内のくせになんと冷たい兄さんなの。この薄情者、って言ってやればよかったのに」

　静は、悔しそうに唇を噛みながらも、冷静に言った。

「だれもが自分のことだけで精いっぱい。たとえ兄弟でもあてにならないのね。わたしが猶吉の言いつけを守らなかったのが間違いのもとだわ」

「どういうこと？」

「ソ連兵が来たとき、わたしはあの人に言ったの。日出吉兄さんは関東軍に顔が利くはずだから、逃げるときはわたしたち家族もいっしょに、と頼んでみたら、って。でも夫は首を振ったわ」

「どうしてかしら？」

「わからない。でもあの人が止めたのに、それを守らないで勝手に頼みにいったわたしが悪かったのよ」

「あなたは悪くない。猶吉さんが死んで、子どもを守るのはあなたしかいないんだもの」

満州生活必需品配給会社は解散した。社宅の人々はまとまって行動することができないまま、一世帯、また一世帯と別々に去っていった。

取り残されたキクエ母娘は次第に焦りを感じはじめた。そこへ、戦死したキクエの夫の上司だった老人が、女所帯の彼女たちを案じて、共に逃げようと誘いに来てくれた。

キクエは静たちを残していくのは忍びなかった。静も残されることに不安をもっているそぶりなので、キクエは老人に彼女たちもぜひ同行させてほしいと頼んだ。だが彼は、年取った自分には四人もの小さな子どものいる家族の面倒をみながら逃避行する自信がないと断わった。小児麻痺の真由子を見ただけで、とても責任はもてないと思ったのだろう。

そのとき、折よく、亡き猶吉の文学仲間がかけつけ、静母子を守って帰国してくれることになった。それで、ようやくキクエたちも安堵して別行動をとれることになった。

だが、あとになってキクエは激しく後悔することになる。どうしてあのとき無理にでも静母子と同行しなかったのか。自分たちが老人の誘いを断わっても静たちと同行すればよかった、と。

運命というものは、ほんの一瞬の差、一歩か二歩の差で結果がガラリと変わることもある。あのとき両家族が別れずに同行していたなら、静も真由子も死なずにすみ、男の子たちも孤児にならずにすんだかもしれない、などと、とりとめなくキクエは後悔しつづけた。

別れの日、一足先に静がユージを背負い、胸には、ぐったりしている真由子を強く紐で結わえつけ、両手に家族全員分の荷物をぶら下げ、六歳の長男と三歳の次男を励ましながら、社宅を出た。互いに、もしかしたらこれが最後かもしれないという悲壮な気持ちが交錯したとき、次男のヒロシが春子に、「あばよ、おねえちゃん」と、だれに教わったのか、ませた言葉を吐いたので、涙顔のみんなも思わず笑ってしまった。

ヒロシは、まじめなロンちゃんと違って、明るいふざけん坊で、これまでも面白いことを言ったり、おどけたしぐさをして家族や春子母子を笑わせた。

キクエと静が交換した日本での連絡先の住所は、帰国後は役に立たなかった。キクエ母娘は、いったん身を寄せた山梨の親類からすぐ追い出された。たとえ静から便りがきても、転送してくれる親切心はなかっただろう。静の場合も同様だったのか、キクエが何度手紙を出しても戻ってきた。だれもがひとところに落ち着いていられない不安定な日々だったのだ。

その後もキクエたちは静の便りを待ちわび、消息を知ろうと必死だった。

和田家を訪問した猶吉の弟大野五郎によって静一家の情報がもたらされなければ、キクエと春子は今も彼女たちを待ちつづけていたことだろう。

3

春子はようやく母の気持ちに寄り添い、施設にいるユージを引き取る方法を真剣に考えはじめた。無力な二人にとって先々どこまで彼の面倒を見ることができるか心許ないが、満州で地獄を見てきた二人が腹を据えてかかれば、あのとき以上の苦しみはあろうはずはないと思われる。最初は母親の願いを無鉄砲だの無責任だのとけなしていた春子にも、小さな子ども一人を養うぐらいはなんとかなるだろうという楽観がいつしか生まれてきた。

だが、その前に必要な手続きがある。それはユージの親権者として和田日出吉か大野五郎の了解をとることである。そのどちらかに立ち会ってもらわなければ、施設側は赤の他人のキクエ母娘に子どもを引き取らせてくれないだろうと思われる。

では和田日出吉と大野五郎のどちらに立ち会いを頼むかとなると、キクエも春子も断然大野五郎であった。静の無念を思い出せば、キクエは冷酷な和田日出吉に頼みたくない。春子にしても、今仕えている主人の和田日出吉はなじみにくい人柄だし、ご隠居様の登喜との関係も悪いし、ユージのことを持ち出せば、余計なお節介をするなと怒られそうだ。

大野五郎なら、登喜が手紙や小切手を送って以来、彼女と親交をつづけているようだから適役に思える。

「ご隠居様に仲介してもらって、まず、大野五郎さんに会いましょう」

と、春子が決断を下した。そのことをご隠居様にお願いしようとしていた矢先、登喜が春子に衝撃的な事実を知らせた。

「春ちゃん、驚かないでね。大野五郎さんからとっても悲しい知らせがきたの」

五郎からの封書を握りしめながら登喜が言ったとき、春子は激しい胸騒ぎを覚えた。きっとユージの身に何かあったと思ったのだ。だが、違った。登喜は手紙をそっと開きながら、

「栗橋の荒川さんの養子になった子が急死したんだって」

「え？」

春子は耳を疑った。他家にもらわれていった四郎の息子のうち栗橋の荒川家の養子になったと言えばロンちゃんのことだ。

だけど、今年やっと八歳になった子が急死するなんてことがあるだろうか。あの混乱の恐ろしい満州を生き抜いた子が、平和な日本へ帰って死ぬはずがない。

「かわいそうにねえ。日本に帰って二年にしかならないというのに」

登喜は声をつまらせて言った。春子は登喜を責めるように怒った声で聞いた。

「死因は何ですか」

「赤痢だって。避病院(ひびょういん)へ入れたけど、だめだったって」

どうしてロンちゃんがそんなものに罹るの？　何かの間違いでしょう。春子は信じられない。登喜も、会ったことはないが他人の子とも思えない少年の死にすっかり同情して、

「五郎さんの手紙によると、とってもいい子だったそうね。満州から三人の子どもたちを連れてきてくれた四郎さんの文学仲間の話によれば、帰国船の中で、騒ぎ回る二人の弟たちを、なだめすかして、よく面倒を見ていたそうよ。自分だってまだ騒ぎ回りたい年ごろなのにね。き

っと、お母さんが死ぬ間際に、長男の彼に弟たちのことをくれぐれも頼んだから、その遺言を守って、必死に弟たちの世話を焼いたんじゃないかしら」

そこまで聞くと、春子はたまりかねて大声で泣き出した。なんてかわいそうなロンちゃん。春子は自分の部屋に戻ってからもさんざん泣いたあと、ロンちゃんはいい子すぎて、神様に気に入られすぎ、こんなに早く召されたのではないか、と思った。そう考えるとますます彼が哀れでいとおしく、彼の八年間の生涯は家族を守るためにあったような気がしてくる。

ロンちゃんの死の知らせで、キクエ母子はしばらくの間虚脱してしまい、ユージを引き取る話も一時途絶えた。

しかし、神様は無情ではなかった。それからしばらくして、思いもよらぬ朗報が大野五郎から登喜を通じて春子にもたらされた。それはロンちゃんを失った養家が、まだ施設に取り残されている末っ子のユージを養子にもらってもいいと申し出てくれたことである。恐らく養い親たちには、いい子だったロンちゃんの思い出が強く、濃くて、その弟なら育ててもいいと思ったのかもしれない。それはたいへん有難い話だった。

春子は、ロンちゃんが自らの居場所を弟ユージのために譲ってくれたのに違いない、やはり彼は並みの子ではなく、天使だったのだ、と思えて再び涙にくれた。

第五章　鎮火

1

あれから二年たった。ユージはもう六歳で、小学校に上がったはずだ。

キクエと春子は、彼はどんな小学生になったかしら、とか、別の家の養子になった二つ年上のヒロシと会うことはあるのかしら、などと、折りに触れ、語り合った。

ユージについての情報はもう直接耳には入らない。というのも、春子はすでに和田家の女中でなくなったからだ。今の春子は、念願の看護婦養成学校に入学し、勉強にいそしんでいる。

一家の経済を支えていた春子が女中をやめることができたのは、山梨のキクエの伯父が、春子が卒業するまでという約束で生活費の一部を援助してくれることになったからである。

キクエ母娘が満州から帰国したとき身を寄せたのはその伯父の家だったが、半年もたたぬうちに邪険に追い出された。そのときのことを伯父は今になって後悔したのかもしれないし、あるいは、キクエにも亡父の財産分与を受ける権利があることを認識し、計算高い彼のことだから、彼女たちに何年間かの生活援助をすることで、相続権をなしくずしにしてしまうつもりかもしれない。彼の真意がどちらであるにせよ、困窮しているキクエ母娘には有難い援助だった。

また春子の入学費用は、看護婦になりたいという夢を聞いた和田登喜が、それなら早いほうがいいと言って、娘のつま子と相談の上、「退職金代わりよ」と、出してくれた。

そんな幸運があって、春子は夢の実現に向けて走り出すことができたのである。

入学した看護学校での学業は新鮮でかつ忙しく、春子に他のことを考える暇はほとんどなかった。母娘の間でユージについて語られることも次第に少なくなった。

そんな折、久々に和田家のご隠居様の登喜から連絡があり、大野五郎がキクエ母娘に会いたいそうだと伝えてきた。登喜と五郎の縁は、ユージが養子に行ったあとも切れていないらしい。

登喜の手紙によれば、五郎は、兄逸見猶吉の満州時代に同じ社宅に暮らしたキクエ母娘が孤児院のユージを心配し、一時は、引き取ることまで考えてくれたことがあったと聞き、二年もたった今からでも感謝の気持ちを述べたい、また、できれば当時の猶吉の思い出話もしたいのだそうだ。

「義理堅い方なのね。でも今さら感謝だのと言われて会うのは面映(おもは)ゆいわ」

とキクエは渋ったが、春子は喜んで、

「いいじゃない、会いましょうよ。私は一度だけ和田家に来た五郎さんに会っているけど、女中だから余計なことは一言も話していないし、顔もよく見ていないわ。今度こそ直接会って、猶吉さんの弟ってどんな人なのかよく見てみたい」

と強く言うので、キクエも会うことを承知した。

大野五郎は逸見猶吉より三歳年下の弟だからちょうど四十歳になったばかりのはずだ。画家としてまだ芽がでないのか、一般受けする絵を描かないから名が売れないのかわからないが、キクエ母娘はまだ大野五郎を著名な画家と聞いたことはなかった。

話がついて、五郎がキクエ母娘との待ち合わせ場所に選んだのは、小石川区白山御殿町にある古めかしい喫茶店だった。そこは逸見猶吉夫妻が新婚当時住んでいたあたりで、幸いなことにこの町の一角は焼けずに残っている建物が多い。

五郎は、いかにも売れない画家らしい、よれよれの上っ張りを着、ベレー帽のようなものを被っている。猶吉もそうだった。彼はひどい恰好をしているときと、おしゃれをするときがあった。五郎も別の場面ではパリッとした背広などを着るのかもしれないと、春子は思った。

五郎は兄に似て精悍で、一見とりつきにくい顔立ちだが、話し方は優しく善良な感じだ。

初対面の挨拶をしたあと、彼は訥々と語りはじめた。

「猶吉兄貴の三人の子どもたちがボロボロになって帰ってきたとき、わたしはとりあえず三人を引き取りました。でも、すぐギブアップしました。どう頑張っても養いきれないんです。叔父のわたしでさえそうだったのに、赤の他人のあなた方が、ユージを引き取ろうとまで考えてくださったことを、後から和田登喜さんに聞いて、感激すると同時に、何もしなかったわたしとしては恥ずかしく、面目なくて、死んだ兄夫婦に合わせる顔がないと思いました。死んでいても兄は恐いですから。そんなわけで、遅ればせではありますが、ぜひ、一度お会いしてお礼を申し上げたいと思ったわけで」

「わたしたちこそお会いできてうれしいですわ」キクエは笑顔で言った。

初対面のぎこちなさがほぐれると、五郎はこの店を選んだ理由を、

「ここは猶吉と静さんが新所帯をもった町です。戦前からある店ですから、きっと二人も始終来たと思います」

と言った。新所帯と聞いて春子は、娘らしく、まあ、と、目を輝かせた。

「今流れている曲もその当時と同じはず、です」

店内に低く流れているのは「新世界」である。

「まあ、ロマンチック。あの二人がここで『新世界』を聴いて、自分たちの新世界を夢見たのね。そのころの静さん、さぞ、きれいだったでしょうね。満州でもきれいだったけど」

「ええ。兄貴はぞっこん首ったけでした」

「猶吉さんは亭主関白で通していたけど、ほんとうは静さんに首ったけだったんですね」

「兄は静さんに甘えていたと思います。包容力のある静さんが兄の奥さんになってくれて、わたしも喜んでいました」

しばらくの間、五郎をしげしげ眺めていたキクエが、突然、言った。

「なんて似ていらっしゃるのでしょう。猶吉さんそっくり」

五郎は、猶吉ほどではないが浅黒い顔を赤らめ、

「むかしからみんなにそう言われました。中身はまるで違うのですが」

そう言う五郎の低いバスの声までも同じだ。

春子は、確かに兄弟の外見はそっくりだが、内側から発する雰囲気のようなものはまるで違うと感じた。春子の知る限り、猶吉は他人にいつも挑むような尖った感じを与えた。それに比べて、眼前の五郎はあくまで穏やかで人を包み込むような印象を与える。

キクエはなおも五郎の中に猶吉の面影を追うように、

「まるで猶吉さんが現れたみたいな感じがします」

だが五郎はその言葉に喜ぶ気配はなく、むしろ苦し気に言った。

「似ているというのも罪作りなもんですよ」

「まあ、どういうことですか」

春子が意外そうに訊ねると、

「ロンちゃんとヒロシは、たびたびわたしの家にやって来たんですよ」

「え？　それはいつのこと？　どこから来たんですか？」

五郎が説明したのはこういうことだった。

幼い三兄弟がようやく日本に帰国してきたが、すぐには引き取り手がなく、小さなユージは施設に預けられ、兄二人は親戚の家を転々とした。その間、ロンちゃんとヒロシは、隙をみては預けられている家を抜け出し、赤羽の五郎の家に駆けこんできたと言う。大人の足でも一時間はゆうにかかる距離を、二人は下駄ばきで息を切らせて走ってきた。

「五郎叔父さんが優しいから遊びにきた、と彼らは言いました。優しくしすぎると彼らが帰ろうとしないから、わざと怖い顔をして追い返したこともあります。でも、あとになって気がついたんです。彼らは、わたしが優しいから来たのではなく、父親そっくりなわたしに会いたい一心で、一里以上もある道を小さな足で駆けてきたんだと。彼らはわたしが優しい人間かどうか知るはずもないのに、ただ似ているというだけで。来るとヒロシはわたしの首や腕にぶら下がり、上の子は体を摺り寄せて、クンクン匂いを嗅いだりするんです」

キクエは、その情景を想像するだけでも不憫で涙が出そうになるのをこらえながら、

「ロンちゃんは大人びたところがあって、猶吉さんは、こいつは小さいくせに偉そうに父親のおれに意見するんだ、なあんて、半分うれしそうに言っていましたが、そんなロンちゃんでも、子どもは子ども。お父さんを慕う気持ちは下の弟たちと同じだったんですね」

「あの猶吉がまだ小さい息子に意見されるとはねえ」

　五郎がクスリとやわらかく笑う。春子は、猶吉さんはあまりこういうふうに楽しそうな笑い方はしなかったなと思った。

　キクエはキクエでロンちゃんを思い出しながら、

「ロンちゃんは、酒を飲みすぎないでとお父さんにお説教したり、おんぶしてもらいながらお父さんの入隊のつき添い人になったり、お父さんが飛行機に乗るのをやめさせたり……」

　と、彼の自慢話を並べたとき、五郎が急に目を光らせて、問い返した。

「父親が飛行機に乗るのをロンちゃんがやめさせた？　それ、どういうことですか」

「終戦間際のことでしたが、猶吉さんが満州軍航空隊の人から、記念に一度だけ飛行機に乗せてあげると言われたんだそうですよ。猶吉さんは大喜びして乗れる日を待っているうち、急に子どもたちがやめろと言うから飛行機に乗らないと言い出したんです」

「ほう？　ロンちゃんが、なぜやめろと父親に言ったんでしょう」

「わかりませんが、あの子は天才みたいなところがありましたからね。多分、飛行機に乗れば敵に撃墜されると思ったんじゃないでしょうか。静さんが言わせたわけじゃないのに」

「ふうむ。しかし、ほんとうにロンちゃんのせいで猶吉が飛行機に乗るのをやめたのかな」

　五郎はいかにも腑に落ちない様子だ。

「静さんが言うには、猶吉さんはその後も未練がましく飛行場あたりをうろついていたそうですけどね」

「それはとてもおもしろい話ですね。もっとよく聞かせてください」

よほど興味をもったらしく、五郎は身を乗り出した。

「もっとよく、と言われても、ただそれだけのことです……」

キクエは五郎の追及に困ったような表情をした。五郎は彼女の困惑に気づいて、

「すみません。じつを言いますと、わたしと日出吉兄は、猶吉のことでとても知りたいことがいくつかあるのですが、その一つが飛行場の謎なんで」

「謎？」

「ええ。猶吉は死の直前、ほとんど会話らしいものができない状態の中で、日出吉兄に、詩集とか、飛行機とか、飛行場とかに聞こえる言葉を切れ切れに話そうとしたそうです。それらがどう結びつくのかわからない日出吉兄が、静さんに聞くと、詩は未完の『難民詩集』のことだろうが、その中に飛行機とか、飛行場という言葉があったかどうか覚えがないと言う。しかし、死の床にいる猶吉が必死で訴えるのですから、それは彼にとって非常に重要なことに違いありません。多分『難民詩集』にそのヒントがあるのではないか、未完でもいいから、その原稿の一部でも探してほしいと静さんに頼んだけれど、あの混乱の中でそれは見つけられず、猶吉が何を訴えたがっていたのか、わからないままになりました」

「はあ、そういうことですか……」キクエはしょんぼりとしてため息をつき、「わたしには、そのあたりのことはぜんぜんわかりません。お役に立たなくてすみませんが」

「いやいや。こちらこそ勝手なことばかり言ってすみません。ただ、もう一つだけお聞きしたいのですが、当時、飛行場あたりで何か大きな事件などなかったでしょうか。事件じゃなくても、小さな出来事でも、噂でも結構です。猶吉が憤慨したり興奮したようなことはなかったですか」

「さあ、毎日が戦争みたいでしたから、自分のこと以外は何も記憶はありませんが、ねえ、春子、あんた何か思い出すことない？」と、キクエは娘の肩を押して聞いた。

「わたしだって何も……」と言いかけた春子は、自信なげに、

「そう言えば、もうすぐソ連兵が満州に来るというとき、まだ残っていた関東軍の兵隊が、毎日飛行場で何かを埋めているという噂があったわね、お母さん。みんな飢えているときだったから、きっと、関東軍は自分たちの食糧をこっそり隠してるんだ、なんて想像したりして」

「ああ、そう言えば、そんな噂があったような気がするわね」

五郎は弾かれたように目を見開いた。

「ほう？　食糧をねえ。しかし埋めたのはほんとうに食糧でしょうか」

「ですから、噂なんです。わたしたちには軍の機密なんてまったくわかりませんが、ソ連兵に見つかれば具合の悪い物だったのではないでしょうか」

「うーむ、何を埋めたかがわかれば、猶吉がこだわったこともはっきりするかもしれない」

五郎はすっかり調子づいた様子で、

「これは収穫だなあ。帰ったらすぐ日出吉兄に教えてやりましょう。彼はわたし以上に猶吉の足跡探しに熱心だから喜ぶと思います」

「足跡探し?」

春子は若い娘らしく好奇心に駆られ、

「猶吉おじさんの足跡探しをして本にでもなさるんですか」

「いやいやそこまでは。猶吉兄が満州で亡くなってから四年になります。ここいらで一つの区切りとして、生きている日出吉兄とわたしの手で、猶吉の足跡を掘り返し、記録しようじゃないかということになりましてね。それで、いろいろと、資料や、知り合いの方の証言などを集めているわけです」

春子は一瞬、なーんだ、と思った。五郎が自分たちに会おうとしたのは、証言を集めることが第一の目的だったのか、と、やっとわかり、なんとなく図られたような気がした。

だが、大好きだった猶吉のために、五郎たちの計画に参加するのも悪くないとも思った。

「それはいいご計画ですわ。猶吉さんもさぞ喜ぶでしょう」

キクエもうれしそうに言った。

五郎は、冷えたコーヒーを苦そうに飲み干して、

「でも、こんなことをするのを猶吉が喜ぶかどうかわかりませんがね」

「なぜですか?」

五郎はすぐには答えず、少し間をおいてから、うつむきながら意外なことを言った。

「最近知ったのですが、逸見猶吉は戦時中、満州で国策文学の先頭に立った、と批判する詩人一派がいるそうです。身内としてはやりきれない話ですが」

「まあ、ひどい、そんなことを言う人がいるんですか。あの当時の警察や軍部の恐ろしさを知らない人はなんとでも言えますよ」

キクエがビクッと眉をつり上げて言うと、春子は先走って、

「ああ、わかった、だからお二人は猶吉さんの名誉挽回のために足跡探しをするんですね」

「ええ、できることなら名誉を回復してやりたいのは山々ですが」

五郎はそこで言葉を切って、グラスの水を飲んで唇を湿らせ、

「その前に、いいことであれ悪いことであれ、真実を調べたいのです。猶吉が最後になって戦争賛美の詩を作ったのは事実ですから、この事実は動かせません。あれほど戦争に反対していた猶吉がなぜあんな詩を書いたのか、その理由なり、背景なりを知りたいのです」

「………？」

「あなた方は猶吉が満州の放送局で『歴史』という詩を朗読したのを聴かれましたか」

「ええ、聴きました」キクエはうなずき、「あのときは会社でも大騒ぎでした」

「わたしは猶吉さんが教えてくれなかったから聴けませんでした」と春子。

「キクエさんはお聴きになったときどう思われましたか」

「わたしは、猶吉さんの放送を聴いたとき、正直、厭な気がしました。でもあの時期、だれだってああ書くより仕方がなかったと思うようになりました」

「みんなそう言って慰めてくれます。しかし、われわれ兄弟としては、そうですか、と、それですんだことにはできないのです。満州の詩人たちのリーダーだった立場上、沈黙することは無理だったにせよ、なぜ、それまでのように喩法を使って、韜晦な詩を作らなかったのかと思うんです。彼は放送後、仲間に、やむをえないのだと言ったそうですが、その『やむをえない』とは何なのか、を知りたいわけです」

「はあ、わたしにはそんなむずかしいことはわかりません」

と、キクエは申し訳なさそうにうなだれる。

「猶吉も生きてさえいれば、高村光太郎のように、当時戦争賛美の詩を書いた自分の行為を反省し、世間に謝罪することもできたのに、死者はそれができないのが哀れです。満州で最後まで猶吉を支えてくれた菊地康雄という後輩がいるんですが、その人でさえも、猶吉の、『やむをえない』の意味はわからないそうです」

「それならなおさら、わたしなんかにはわからない話ですわ」

「憂鬱な話を持ち出してすみません。ずっと日本にいたわたしは、満州での猶吉の行動はほとんど知らないし、日出吉兄は同じ満州にいたけれど、猶吉と始終行き来していたわけではないので、やはり詳しくはわからない。むしろあなた方のように毎日身近で彼の日常生活を見ていた方のほうが彼の真の姿を正確に知っておられるような気がして、お伺いするわけで」

「身近といっても、住まいがくっついていただけです」

そう言いながらキクエも懸命にあれこれ思い出そうとしたあと、ためらいがちに言った。

「こんなことが参考になるかどうかわかりませんが」

「どうぞ、思いつくことは何でもいいですから教えてください」

「猶吉さんは体と心の両方が弱気になっていたのではないでしょうか」

「と言うと?」

「ええ、あの放送の少し前、猶吉さんが末期の肺結核の友達を見舞いに行ったころから、自分もああなったら家族はどうなるのか、特に小児麻痺のマユタンは父親の自分がいなくちゃ生きていけない、だれがオシッコをさせるんだと本気で悩んでいたと、静さんが言っていました。猶吉さんは他人には強がってはいたけれど、ひどく健康に自信をなくしていたようで」

五郎は大きくうなずいて、

「そう言えば、仲間のだれかが追悼文で猶吉の不健康のことを書いていましたが、ほんとうだったんですね。わたしへの手紙にはみじんもそんなことは書いてきませんでしたが。外部の圧力には強く抵抗できる人間でも、内側からの圧力にはもろいということも、人間なら、あるのかもしれません。人が変わる要因はごく些細な日常的な事柄が発端かもしれない。猶吉の場合もそれが原因のすべてではないにしても、一つの要因だったかもしれない」

「わたし、猶吉さんがそうだなんて思っていませんわ。つまらないことをお話ししちゃって」

「いやいや、よく話してくださいました。彼を理解する一つの手がかりになりましたから。日出吉兄だって生身の猶吉のことはほとんど知りませんから、ひたすら観念的に、猶吉の『やむをえない』という言葉の意味を解こうと必死です。彼は菊地康雄さんだけでなく、満州から引き揚げてきた猶吉の知人たちを片っ端から訪ね歩いて、その真相を聞き出そうとしたそうですが、だれにもわからないそうです。異口同音に『やむをえない時代だった』と言うばかりで」

「旦那様は元新聞記者だったから取材には熱心なんでしょうか」

と、春子は元主人だった日出吉の職業を思い出して言った。五郎は苦笑して、

「それもあるかもしれません。かなりしつこいです」

と答えたとき、キクエが、今までとは打って変わった鋭い口調で言った。

「それほど弟さん思いなんでしょうか、お兄様は」

五郎はキクエの感情の変化に気づかないらしく、平静に答えた。

「ええ。やはり贖罪の気持ちがあるのでしょうね。猶吉には何もしてやれなかったという後悔。せめて彼が最後に必死で訴えたことが何だったのか、時間の闇の中からそれを探し当てて、今からでも弟の遺志を汲み取ってやりたいと、思っているようです」

テーブルの下でハンカチを握りしめているキクエの手がかすかに震えている。母は何を言い出す気だろうと、春子が心配する間もなく、キクエは意を決したように切り出した。

「そんなに優しいお兄様ならどうして静さん家族を助けてあげなかったのでしょうか」

五郎は不意の直撃を食らって息を呑んだ。が、キクエは退かない。

「こんなことを申し上げるべきでないことはわかっておりますが、わたしは和田様にわだかまりをもっております。娘の雇われ先が和田様だとわかっていれば、絶対に娘を勤めさせなかったと思います」

「ど、どういうことでしょう」

五郎は動揺して、どもった。

「静さんが日本に帰るとき、お兄さんの日出吉さんご家族と同行させてほしい、五人全員がだめなら、男の子三人だけでも預かってください、とお願いしました。でも、にべもなく断わられたと聞きました。あのときの静さんの絶望した顔は今も忘れられません。隣人のわたしでさえ、血を分けたお兄様の無情さは許せないと思いました」

側から春子がキクエの洋服の袖を引き、

「お母さん、その話はしない約束だったじゃないの」

キクエはいったん本音を吐き出してしまうと、もう止められなくなったようだ。

「お願いだから言わせて。わたしが言うんじゃない、静さんが言うのだと思って。あの直後、静さんは亡くなり、子どもたちは孤児になりました。でもお兄様一家はそろって無傷で帰国されました」

「お母さん、そこまで言わなくても」

春子は必死で母を止める。五郎は苦渋の色を眉ににじませてじっと聞いている。

ウェイトレスが水のおかわりをもってきて、客たちの凍りついたような顔を一瞬、眺め回して去っていくのを待ってから、五郎はようやくかすれた声で言った。

「そのことならわたしも兄から聞いています。わたしが兄の代わりに弁解するわけではありませんが、そのころ彼はほぼ確実にシベリアに連れていかれるところでした。それが決定したら、自分の家族は部下に託して帰国させる手筈をとっていました。でもその部下に弟の家族までいっしょに頼むとは言えないので断わったそうですが……」

そんな弁解は聞きたくないというように、キクエは声を荒らげて五郎を遮った。

「だって、お兄様は満映の幹部だから、ご家族の帰国には特別に関東軍の保護があったんでしょう？　関東軍の家族はアイスクリームを舐めながら列車に乗っていたというじゃありませんか。静さんの子どもたちだって、アイスクリームまではもらえなくても、せめて、和田家の親族として優遇されてもいいはずでしょう？　それなのに、あの子たちは見捨てられた。食べるものもなく、餓死寸前で帰ってきたんですよ」

「それは違います」

やっと五郎はキクエに説明する隙を得た。

「満映と関東軍は世間に思われているほど一枚岩ではなかったそうです。理事長の甘粕は一徹なところもあって、関東軍の卑怯な逃げ方に激怒し、満映社員への関東軍の庇護をはねつけました。その後甘粕は自殺してしまったので、残された社員はもう何の特権も恩恵もなく、一般の人たち同様、身一つ、自力で悲惨な逃避行をしなければならなかったのです」

「ほんとうですの？　それなら、なぜ、静さんにそのことを説明しなかったんでしょう」

「兄は静さんだけじゃなくて、家族にさえシベリア行きをギリギリまで伏せておいたんです。それを言えば妻が半狂乱になり、何をしでかすかわからないと恐れたのでしょう。結果的に彼は奇跡的にシベリアへ行かずにすみ、家族そろって日本に帰れたけれど、今もまだ当時の危機的状況の詳細は、家族にちゃんと説明していないそうです」

「なぜでしょう？　そんな大事なこと、ご家族にまで黙っているなんて」

聞いている春子も、一瞬、五郎が作り事を言っているのではないかと思った。家族にまで黙っているなんておかしい。そんな家族ってあるかしら。静だってそんな説明を聞いていれば、義兄に無理なお願いをするはずもなく、日出吉がシベリア送りにならないよう祈ったはずだ。

キクエの厳しい追及はまだつづく。

「お兄様に静さんへの贖罪のお気持ちが少しでもあるなら、ようやく日本に帰国した三人の甥たちにもっと親身になってくだされればよかった、と、わたしは思います」

これには春子も大きくうなずく。もう母を制止する気はなかった。

五郎は自分が裁かれているように、肩をすぼめ、声を落として、

「おっしゃる通りです。ただこれだけはわかってやっていただきたいのですが、兄は、弟の子どもたちの面倒は自分たち大野家で見るべきものという思い入れが強いんです。じっさい、静さんの実家から子どもを引き取ってもいいという申し入れがあったそうなのに、大野家の子どもは大野側でみるから、と、断わったくらいなんです」

「まあ、なんてこと」

なんて馬鹿馬鹿しい見栄だこと、と言いたい言葉を、さすがにキクエは飲み込んだ。

「戦前、戦中、いろいろな分野で大活躍した進取的な日出吉兄ですが、一枚皮を剝けば、古い体質の男で、人に弁解だととられそうなことは一切言わないのが、男の沽券だと思っているんです」

「わからないわ、そんな考え」

春子が呆れたようにつぶやく。

「しかし、いくら兄がそう思って力んでも、じっさいにはもはや彼には何の力もない。過去の人になってしまった彼をだれも助けてくれない。わたしが手紙で甥たちの状況を知らせたのに返事も寄越さなかったのも、あちこち回ってもいい方策がなくて途方に暮れていたからでした。そこへ、わたしと平井が甥たちの養家を見つけたと報告に行ったわけですが、日出吉としては、われわれが日出吉に何の相談もなく、子どもたちの一生を左右する養家を早ばやと勝手に選んでしまったということに腹を立てたのです」

「そちらのほうこそ勝手すぎるわ」また春子がつぶやく。

「そう、勝手です。独りよがりです。日出吉兄はむかしから頼まれもしないのに親父以上に厳しく、我々弟を監督下に置こうとする傾向がありました。甥たちの件についてもかわいそうだと思わないわけではないけれど、親代わりのつもりでいる自分の立場を無視されて、いたく自尊心を傷つけられたのです。弟たちには長い説教をするくせに自分から率直に心の内を語らない。これは日出吉だけでなく、猶吉にもわたしにもある、もっと言えば祖父の代からのよくない血筋かもしれません。恥ずかしいことですが」

五郎の脳裏には、村人から厳しい指弾を浴びながらも、たった一言の説明も釈明もせず東京へ移住した祖父大野孫右衛門の顔が浮かんだ。あのときの祖父の不誠実な沈黙がのちのちまで自分たちや孫たちまで苦しめられてきたのだ。

一方のキクエは、そのとき、ああ、そう言えば、と気づいた。死ぬ前の猶吉が、兄に助けを求めることを静に許さなかったのは、兄がソ連兵に連れていかれるに違いないと見通して、これから悲惨な運命に襲われるであろう兄に心の負担をかけまいとしたのだろうと。

それならそうと猶吉は思ったままを静に話せばいいものを、黙っているから静は日出吉の許に行き、悔しい思いを味わわされたのだ。ほんとうに兄弟そろってなんと言葉足らずなのだろう。

と言って、これが先祖の血筋とまで言われては、キクエも春子もそれ以上日出吉を責める言葉が見つからない。黙って顔を見合わせるばかりだった。

いつの間にか「新世界」の曲は終わっていた。

2

二十年後。

逸見猶吉の次男裕史と三男雄示は、平井彊が世話したそれぞれの養家で大切にされて成長し、ともに二十代後半のたくましい青年となった。どちらも堅実な職業につき、りっぱに自立しているのだが、文学とは無縁である。二人とも自分たちの実父の思い出はあまり鮮明でない。養い親や学校の先生から、「おまえたちの父親は、『ウルトラマリン』という詩を発表して一躍日本詩界の新星ともてはやされた。日本を飛び出し満州へ行ってからは、満州一の詩人と言われたが、死ぬまで故郷谷中村と足尾銅山鉱毒事件のことを忘れず、自分の問題として考えつづけた人だ」と教えられてきた。

だが、二人とも、詩人としての父についてそれ以上のことを知ろうとは思わなかった。

あるとき、親戚の法事の席で逸見猶吉の話が出た。出席者の中でも高齢者は彼のことを覚えているが、若い層はほとんど知らない。高校生くらいの少年がしきりに猶吉のことを質問するのだが、十分な答えができるのは記憶鮮明な平井しかいなかった。猶吉の息子たちでさえよくわからないと言う。

それを目の当たりにした平井彊は強い危機感をもった。彼が若いころから敬愛し、誇りに思ってきたいとこの逸見猶吉の事績が、親族の間でさえはっきりしなくなっている事実は嘆かわしいかぎりだ。このままでは世間から忘れられてしまうのではないかと、平井は急に焦りはじめた。なんとかして逸見猶吉という、旧谷中村を心から愛した詩人のことを時の流れに埋没させず、故郷の人々の心に生きつづけさせたいと思う。

それには記念碑を建てるのが一番いいのではないかと考えはじめていた平井に、いいニュースが飛び込んできた。

それは、渡良瀬遊水地堤防近くに「旧谷中村合同慰霊碑」が建つことにきまったという話である。その近くに猶吉の碑を建てれば、生前ずっと谷中村民を気にかけてきた猶吉も、地下で彼らと親交を結ぶことができ、喜ぶのではないかと思う。千載一遇のチャンスではないか。

平井はすぐに猶吉の兄弟である大野五郎と和田日出吉に話を持ちかけた。

二人は最初乗り気ではなかった。平井の提案がいかにも突飛で、彼の性格とはいえ、いささか短兵急すぎると感じたからである。それに、生きていたころの猶吉はどちらかと言えば、物を建てるより壊すほうが好き、形式的なことが嫌いだったから自分の碑などを作られて喜ぶはずがなく、下手をすれば怒るかもしれないと思ったのである。

だが平井はねばった。彼の執念と熱意と実行力にはだれもが舌を巻く。日出吉たち兄弟も反対しきれなくなった。

兄弟の側にもある変化が起きていた。

思い起こせば、二十数年前、日出吉と五郎は、躍起になって満州での逸見猶吉の足跡を掘り起こそうとしたことがあった。猶吉がなぜ戦争賛美の詩を作ったのか。また、彼が死の間際まで訴えていた詩集の内容とはどんなものだったのか、などの謎が一つも解けないまま、いつしか掘り起こし作業は諦められ、放置されたままだった。そして時は流れ、日出吉は七十代となり、末弟五郎も六十路(むそじ)に入った。

そこに平井彊の提案があった。兄弟は彼の提案を受け入れることで、不完全燃焼に終わった猶吉の足跡探しへの執着をおだやかに解き放ち、終わりにできるのならそれもいい、と考えるに至ったのである。

折も折、猶吉の信頼した詩人菊地康雄の『逸見猶吉ノオト』が上梓された。これは、猶吉が日本にいたときから拠り所とした同人誌『歴程』に、菊地康雄が「若き日の詩人とその周辺」というタイトルで寄稿したものの第一部である。猶吉の幼少時の部分では、日出吉と五郎も菊地の取材に協力している。こうしてできあがった菊地康雄の労作への感謝の念にも後押しされて、兄弟は記念碑を建てることに同意したのである。

ただ、碑は碑でも顕彰の匂いのない、詩碑と墓碑を兼ねたものがいいと五郎が主張した。大野家代々の墓は王子にあるが、猶吉の愛した旧谷中の地に、愛する家族たちだけに囲まれて住む別宅があるのも悪くない、というのである。日出吉も五郎に賛成した。

費用の多くは日出吉が出すことになった。五郎は流行画家にはならなかったものの、仲間と主体美術協会を作り、フォービズムと表現主義とリアリズムを兼ね備えた画風の、すでに世間に知られる大家になっているが、相変わらずつつましく飄々（ひょうひょう）としている。

昭和四十七（一九七二）年十一月、ついに逸見猶吉の詩碑が完成した。

碑文の上段には、草野心平の筆になる、猶吉のデビュー作と言われる「ウルトラマリン」の一節を刻み、下段には猶吉一家の名と永眠の年月日を刻むことにした。

すると突然、和田日出吉が銘を入れたいと言い出し、「鎮火」と書いた。それもおそろしく肉太な大きな文字で。

その理由と言葉の意味を聞かれても、例によって日出吉は何の説明もしなかった。

血ヲナガス北方
ココイラ　グングン
密度ノ深クナル
北方　ドコカラモ
離レテ　荒涼タル
ウルトラマリンノ

底ノ方へ

逸見猶吉　報告

より　心平書

我等の父母並びに姉と兄此処に眠る

長安道猶信士　昭和二十一年五月十七日没　俗名大野四郎　筆名逸見猶吉

錦光妙信女　昭和二十一年七月二十五日没　俗名静

多聞孩子　昭和十二年一月十六日没　俗名多聞

華光童女　昭和二十一年八月二日没　俗名真由子

隆光童子　昭和二十三年八月二十四日没　俗名隆一

鎮火　兄日出吉

昭和四十七年　十一月建之

遺族　栗橋町　坪井裕史　荒川雄示

昭和五十二年八月、和田日出吉は肝硬変で死んだ。

昭和五十五年、大野五郎は画家仲間といっしょに、「新疆文物研究者友好訪中団」のメンバーとして、十五日間シルクロードの町々をスケッチしながら訪ねる旅行に参加した。

気楽な旅とはいえ、体力を要する長旅に七十歳の身で挑戦したのは、彼の兄たちが二人とも満州で暮らした経験があるというのに、弟の自分だけが中国に一歩も足を踏み入れていないことに妙な引け目のようなものがあり、この際、満州とはまったく方角違いの新疆ではあっても、中国には違いないのだからと、重い腰を上げる気になったのである。

思った通り、過酷な旅程ではあった。が、それを補ってあまりある楽しさに満ちた旅で、十五日間では物足りないと思うくらいだった。ずっと行をともにしてくれた中国東北生まれの、ひどく若い通訳の秦さんとも友だちになり、満州のことなどをあれこれ話した。

旅がほとんど最終段階となり、上海に戻るころになって、親から聞いたという秦さんの話の一つに、五郎がアッとひらめくものがあった。

それは、終戦時日本軍が中国から敗走する際、兵器すべてを降伏相手に引き渡すという国際法を守らず、その製造と使用を隠蔽せよとの司令部の命令で、毒ガス兵器を井戸や川、湖に棄(す)てたり、飛行場などに埋めたという話だ。その箇所は中国全土に及ぶが、特に東北部に多い。そこには推定七十万発は埋められていると言われ、戦後十数年を経てから何も知らないで土を掘った中国人らが受けた被害件数は数知れないというのである。

五郎がひらめいたのは、猶吉兄が死ぬ間際まで気にしていたのはこの種の埋めたもののことではなかったかということである。猶吉自身がじっさいに目撃したことでなくても、だれかか

ら聞くことはあり得る。彼が飛行機に乗らなかったのも、そのへんをうろついていたのもその

情報を知ったせいではないか。

「日出吉兄さん、見つけたよ。猶吉兄が訴えたがっていたことを。三十五年の歳月がかかった

けれど、やっと解けたよ」

五郎はまるで日出吉が生きてそこにいるように、高ぶった気分で話しかけた。

「猶吉兄が死ぬ直前、鉱毒事件と言ったのは、谷中村の鉱毒事件ではなく、それと同じ事件だ

と言いたかったんだ。同じように恐しい毒物の隠蔽があのとき新京で起きていたんだよ」

「想像でものを言うな。通訳のそんな話だけでは何の証拠にもならない」

と、死んでいる日出吉が、今も兄の威厳を示し、冷然と弟をたしなめる。五郎は逆らう。

「むろん、猶吉兄は、日本軍がこれほど多くのところで危険な武器を遺棄したなどとは夢にも

知らなかったろうさ。ただ、当時、彼が住んでいた近くの新京飛行場に限る情報として、何か

恐ろしい危険物が埋められたことを知り、憤激したんじゃないかな。だからといって、敗残の

病身の彼には、そのことを人に知らせ、警告を発する手段がない。そこで考えたのは、書きか

けの『難民詩集』の中に危険を知らせるメッセージを忍び込ませることだったんじゃないか

な」

「いい年をして推理ドラマを作るのはやめろ。第一、そんなまだるっこしい方法で危険を知ら

せるなど、間に合うわけがない」
「まだるっこしい方法でもやらないよりいい。いつかは発見してくれる人がいるに違いない。猶吉兄にできるのはそれしかなかったんだ。彼は体は病んでいたが、心は病んでいなかった」

いよいよ旅の終わりがきて、秦さんと別れるとき、五郎は今後ともその問題についての詳しい情報を伝えてくれるようにと、くれぐれも頼んだ。

しばらくして約束通り、秦さんから知らせがあった。日本軍が中国大陸に遺棄したのは毒ガスだけでなく、通常の爆弾も多量に残してきたため、それを解体しようとした人が爆発でバラバラになって即死した例もある、との報告だった。

それだ、と、五郎は膝を打つ。猶吉が気力をふりしぼって警戒を訴えたのは、毒ガスか、爆弾のことだったのに違いない。

秦さんはそれっきり便りをくれなくなった。と思ったら、五郎が忘れかけたころにひょっこり便りをくれたりする。なんとも間延びのした人だ。忙しいからなのか、これが大陸的というものか、気の長さを自認している五郎ですら苦笑するばかりだった。

しかし、平成八（一九九六）年に秦さんからきた手紙には緊迫感があった。

日本による「遺棄毒ガス事件」の被害者李臣さんら六人が、日本政府を相手どって東京地裁に提訴したことを知らせてきたのだ。提訴の内容は、昭和四十九年、黒竜江省佳木斯（ジャムス）市内を流れる松花江で泥を浚う浚渫作業をしていたときに、川底のドラム缶を引き上げようとして、李臣さんらはドラム缶から流れ出た液に触れたために両手両足がただれ、皮膚の損傷は体の九十パーセントまでに広がり、後遺症が二十年にも及び、神経も病むようになった。そこで李さんらは日本政府に、毒ガスを捨てた責任、戦後回収しなかった責任、事故防止の努力を怠った責任などをとるよう求めているというもの。また、敗走する日本兵が棄てた通常の爆弾によって、全身バラバラになって吹き飛んだ斉広越さんの妻と息子らも提訴中という。

　これに対して日本政府は、それらはだれが棄てたのかわからない。ソ連軍かもしれないし、中国軍かもしれないなどとノラリクラリ言って責任を認めようとしないという。

　それから七年もたった平成十五年の秦さんの手紙では、東京地裁は国に原告十三人に対して計一億九千万円の賠償支払いを命じたらしい。が、すぐその二日後に、国は東京高裁に控訴したとのことだった。

　現在、高裁は証人として学者、研究者などを呼んで話を聞き、慎重に審議しているという。

　この手紙を読んだ五郎は、九十三歳だというのに、若者のように顔を赤くして叫んだ。

「日出吉兄さん、おれは裁判の傍聴にいくよ。傍聴して当時の詳しいことを確かめるつもりだ。できることなら李さんや斉さんたちへの支援活動もするよ」

「まだそんな推理ドラマにはまっているのか。第一、その老軀で裁判所まで行けるのか」

日出吉は低く笑う。五郎はそう言われて、痛む足を悔しそうにさすりながら、

「推理ドラマと言われても仕方がない。だが、それでもいいんだよ。猶吉兄の最後の訴えがきっかけで、中国でほんとうに起きた事実を知ることができたんだから。おれは猶吉兄に代わってこの事実を追及しつづける。そうしないと猶吉兄の火は〝鎮火〟できないよ。そう思わないか、日出吉兄さん」

平成十二年、日本政府は、化学兵器禁止条約にある「他国領域内に遺棄した化学兵器を廃棄する」条項に基づき、中国と協力して、発掘、回収事業を行うことになった。

大野五郎が九十六歳で亡くなったのは平成十八年である。もし生きていれば、一年後に出た裁判結果を見てたいへん失望したことだろう。

平成十九年七月十八日、東京高裁は「日本軍が爆弾を捨てた場所を特定できないから事故防止の責任はない」との理由で原告の訴えを退けた。ただし「化学兵器禁止条約の精神からは被害者救済が求められる」という文言は盛りこんだ。

二年後の平成二十一年九月二十六日、最高裁は一回の弁論も聞くことなく原告の上告を破棄した。（以上、「中国人戦争被害者の要求を実現するネットワーク」による）

「内閣府遺棄化学兵器処理担当室」によれば、平成三十年三月現在、日本政府が廃棄した毒ガス兵器の数は約五万発（埋められていると推定される七十万発中）とのことである。

一方で平成三十年、日本のＮＰＯ化学兵器被害者支援日中未来平和基金から、医師団をチチハルの病院に派遣。チチハル、牡丹江、敦化などの東北部各地だけでなく江蘇省などからも集まった被害者に、ＣＴやＭＲＩの検査、健康状態の確認などの支援をはじめた。

参考文献

「谷中村民の足跡をたどる」『田中正造記念館ブックレット　第二号』足尾鉱毒事件田中正造記念館
『定本　逸見猶吉詩集』菊地康雄編、思潮社
『歴程　逸見猶吉追悼号』
『詩と詩人』草野心平、和光社
『満州生必会会報　百号記念』満州生必会
『逸見猶吉特集号』栃木県文芸家協会
『逸見猶吉ノオト』菊地康雄、思潮社
『青い階段をのぼる詩人たち』菊地康雄、青銅社
『現代詩の胎動期』菊地康雄、現文社
『逸見猶吉の詩とエッセイと童話』森羅一編、落合書店
『現代日本詩人全集』（第十二巻）創元社
『詩人　逸見猶吉』尾崎寿一郎、コールサック社
『鮎川義介』和田日出吉、春秋社

『人絹』和田日出吉、第一書房
『二・二六以後』和田日出吉、偕成社
『田中正造とその周辺』赤上剛、随想舎
『田中正造翁余禄』（上・下）島田宗三、三一書房
『田中正造』由井正臣、岩波新書
『鉱毒に消えた谷中村』塙和也・毎日新聞宇都宮支局編、随想舎
『改訂　田中正造と足尾鉱毒事件を歩く』布川了・堀内洋助、随想舎
『盧溝橋事件』江口圭一、岩波ブックレット
『日中戦争全史』（上・下）笠原十九司、高文研
『甘粕大尉』角田房子、中央公論社
『孫文の机』司修、白水社
『木暮実千代　知られざるその素顔』黒川鐘信、日本放送出版協会
『満映とわたし』岸富美子・石井妙子、文藝春秋
『甘粕正彦　乱心の曠野』佐野眞一、新潮文庫
『日本の戦争加害がつぐなわれないのはなぜ!?』大谷猛夫、合同出版
『日本は中国でなにをしたか』日本中国友好協会編・笠原十九司監修、本の泉社
『日中友好新聞』令和二（二〇二〇）年二月五日付

あとがき

足尾銅山鉱毒事件の調査研究をしている各団体によるフィールドワークは、これまで毎年のように行われてきました（二〇二〇年はコロナ禍のため行われなかった）。私も何度か参加し、ある程度なじみになった場所がいくつかできました。その一つが、渡良瀬遊水地堤防近くにある、逸見猶吉の詩碑です。

主催者の方の説明によって、逸見猶吉という詩人がどんな経歴の人だったのか、またその家系等についてはあらましわかりましたが、碑の正面に掲げられている数行の詩、「ウルトラマリン」の詩意については、だれからも詳しく触れられませんでした。

私自身もそれにあまり興味をもたないまま詩碑の前を通り過ぎていたのですが、何回目かに訪れたとき、ふと、碑文の下段にある、兄和田日出吉さんの、〝鎮火〟という文字に目が吸い寄せられました。ふつうの碑には〝鎮魂〟が多く、〝鎮火〟は珍しいように思います。しかもその文字が、他の文字に比べて不似合いなほど太く大きいのです。

はて、これはどういう意味だろうか。逸見猶吉はどういう火を燃やしたのだろうか、と、急に気になりはじめました。

もう一つ、逸見猶吉をもっと深く知りたいと思ったきっかけがあります。それは、「谷中村民の足跡をたどる」（『田中正造記念館ブックレット　第二号』平成二十一（二〇〇九）年）の記事を読んだことでした。記事の語り手は、ご先祖が旧谷中村の被害民だった針谷不二男さんです。

針谷さんは、平成元年に、当時八十歳近い高名な画家大野五郎さんから、旧谷中村のあたりを案内してほしいという依頼を受けました。大野五郎さんは元村長だった大野孫右衛門の孫です。

針谷さんは案内役を引き受け、一通り保存ゾーンを回ったあと、大野さんから突然質問されました。「あなたはわたしの家系についてどう思われますか」と。

針谷さんは困惑しました。しかし大野さんはつづけて、「私は八十数年来、この（足尾銅山鉱毒事件の）ことで十字架を背負って悩んできました」と、言われたそうです。

針谷さんは、大野さんの十字架という重い言葉を聞いて驚くと同時に、鉱毒事件が与えた大きく深い苦悩は、被害者側だけではなく、当事者でありながら被害者と同じ立場に立つことができなかった人々にも重くのしかかり、さらにその子々孫々までも苦しめていたことにはじめて気づいたというのです。

大野五郎さんは、ご自身の心中を述べられただけで、ご親族のことは何も言っていらっしゃいませんが、この記事を読んだ私は、つい森の中の逸見猶吉の碑を思い浮かべてしまいました。

逸見猶吉が生きていれば、この問題について弟と同じことを語るだろうか、それともまったく違うことを語るだろうか、あるいは全然気にもかけていなかっただろうか、などと考えました。

　これらのことなどがきっかけになり、私は生前の逸見猶吉に少しでも近づいてみたいという思いに駆られたのです。

　彼に近づくためのカギは、まず、詩碑に彫られた詩「ウルトラマリン」を読み解くことだと考えました。数行だけでは何もわかりませんから、全詩をきちんと読むことからはじめ、それを手がかりに、さらに彼のその他の詩の読解へと広げていき、その中で、彼の思想や行動を理解することにしたいと思いました。

　しかし、戦前戦中派でしかも日本の詩壇ではあまりポピュラーな詩人とは言い難い逸見猶吉の詩は、寡作のせいもあってそう易々とお目にかかることはできず、図書館だけでなく専門書、古書を扱うところをあちこち探し求めるなど、かなり苦戦しているときに、逸見猶吉の次男大野裕史氏（氏は坪井姓から大野に改姓）にめぐり合えたことは何よりの幸運でした。

　裕史氏ご自身は三歳で父と死別していらっしゃるので、直接的な記憶はあまりないそうですが、詩人逸見猶吉に関わる資料を多数集め、大切に保管しておられます。

　それらは、いずれも今は入手しにくい、手にとるとページがパラパラと離れてしまうような、きわめて得難い資料ばかりですが、裕史氏は快く提示してくださいました。ほんとうに有難いことでした。

これらの資料によって、私は、逸見猶吉の詩だけでなく、人間逸見猶吉への共感をより深めることができ、いわば「逸見猶吉学入門」の、第一歩を踏み出せたと思います。

ここで感じるのは、逸見猶吉の詩の底流を流れるのは、やはり弟五郎さんと同様、旧谷中村への強い思いだということです。ウルトラマリンは谷中湖の色と決めつけるわけにはいきませんが、猶吉は、痛みと憂いと償いの眼差しをもって、はるか故郷の湖を見守りつづけたに違いありません。このことは兄和田日出吉さんにも言えます。彼は弟たちとはまったく違った道を辿りましたが、やはり、根幹は旧谷中村の土に根ざしています。

私は「逸見猶吉学」に入門した以上、今後も勉強をつづけるつもりですが、ただ一つ、残念でならないのは、未完の「難民詩集」の原稿が失われたままだということです。

逸見猶吉の初七日に静夫人から夫の遺稿保管を頼まれた菊地康雄は、できることならもう一度中国へ行って探し出したい、とまで、その発見に執念を燃やしていました。欲を言えば、映画のナレーションに使われるはずだった「松花江」の長詩も見つかればいいと。

とんでもない時期に、とんでもない場所から貴重な資料が発見されるというのはよくある話ですが、猶吉の「難民詩集」も、ある日、突然見つかるのではないか、それによってこれまで謎だった彼の一面もわかるのではないか、という僥倖を願いつつ今後も勉強をつづけます。

本書を書き上げるまでにたくさんの方々のお世話になりました。前述の大野裕史氏をはじめとする「足尾鉱毒事件田中正造記念館」、「田中正造に学ぶ会・東京」のみなさま、また、大野裕史氏に引き合わせてくださった赤上剛氏、山口徹氏に厚くお礼申し上げます。さらに、戦時中の中国と日本兵の事情を詳しくご教示くださった日中友好協会の丸山至氏に感謝申し上げます。

作品社の青木誠也氏には、私が本書を書くに当たって、評伝形式にするか小説の形式にするかの迷いや構成上の悩みにぶつかったとき、明確なアドバイス・示唆を与えてくださるなど、一方ならぬご尽力をいただきました。心よりお礼申し上げます。

二〇二〇年十二月

秋山圭

秋山圭（あきやま・けい）

東京生まれ。青山学院大学英文科卒。多摩女性史研究会所属。「田中正造に学ぶ会・東京」所属。著書に、『葭の堤　女たちの足尾銅山鉱毒事件』（作品社）、『源内櫛を挿す女』、『小説 千葉卓三郎』、『いとしきもの　すこやかに生まれよ』（歴史浪漫文学賞創作部門優秀賞）、『銅版天狗』（新風舎出版奨励賞）、『丘に鳴る風』（埼玉文芸賞準賞）などがある。

「ウルトラマリン」の旅人
渡良瀬の詩人 逸見猶吉

2021年1月25日初版第1刷印刷
2021年1月30日初版第1刷発行

著 者 秋山圭

発行者 和田肇
発行所 株式会社作品社
〒102-0072 東京都千代田区飯田橋2-7-4
TEL.03-3262-9753 FAX.03-3262-9757
http://www.sakuhinsha.com
振替口座00160-3-27183

装 幀 水崎真奈美（BOTANICA）
本文組版 前田奈々
編集担当 青木誠也
印刷・製本 シナノ印刷株式会社

ISBN978-4-86182-840-9 C0093

【作品社の本】

葭の堤

女たちの足尾銅山鉱毒事件

秋山圭

瀦水地の底に消えた谷中村。
その地で育ったチヨとユウ、
部落の総代から土地買収員となった男の妻トシ、田中正造の妻・勝子。
そして正造の死後もひとり旧谷中村への援助を続けた
婦人解放運動の先駆者・福田英子。
足尾銅山鉱毒事件にかかわり、人生を変えられた女たちを描く、
書き下ろし長篇小説。

ISBN978-4-86182-654-2